余命一年、向日葵みたいな君と恋をした

長久

STARTS
スターツ出版株式会社

スマホへ落としていた視線を上げ、電車の窓から見慣れた外を眺める。
先がないと感じてた暗い世界は、いつしか常に明るく色を変えていた。
サラサラと流れる川のように、季節も巡《めぐ》っている。
「もし君が生きていたら、か……」
川を見れば、初めて君と出会った日を思い起こして、頬が綻《ほころ》ぶ。
スマホに残る旅の証――写真を見つめ、改めて君を思い出す。
そのままレンズを風に揺れる向日葵《ひまわり》に向け、つい懐かしく想ってしまう。
一緒に旅をして変わり、夢のような時間が終わり。
得た感情が、恋しさが……。苦しいぐらいに溢れ出てくる。
春夏秋冬。
色を変えていく景色に、もう君の姿は写らない――。

目次

余命一年、向日葵みたいな君と恋をした

プロローグ　流れてきた出会い

「――え？　……人が、流れてきた」

まだ空が白み出したばかりの早朝。

街中を通る川の上流から、人が流れてきている。

草木すら凍る、十二月末で極寒の川をだ。

風景写真を撮ろうと、土手沿いでスマホをかざしていただけなのに……。

かじかんだ指先のせいで、うまく撮影ボタンが押せないでいたディスプレイに、異物が流れ込んできていることに気がついた。

なんだろうと思ってズームすると、それは人の姿をしていたんだ。

美しい自然に紛れ込んだあまりの異物感に、思わず目を擦《こす》ってしまう。

人の姿をした物体が流され、僕のいる場所に近づいてくる。

髪の長さからして……女性？

流されてくる女性は、生きているのかどうかすら分からない。

普段より流れが速い水の中で、浮かんではまた沈んでを繰り返している。

冷たく神聖なまでに澄《す》んだ空気だ。

吐く息は白い蒸気となり、吸い込む息は喉《のど》だけでなく肺にまで冷たいという感覚を与える。

そんな心地良くて、信じられない程に美しい世界なのに……。

ディスプレイ越しでなく肉眼で見る光景は、もっと信じられないものだ。

上流の雪溶けで水かさも水流も、平時より増している。

僕の腰ぐらいまではありそうか。

女性は川の中でコートを纏《まと》っているものだから、空気が入り込んで浮き沈みを繰り返しているんだろう。

なんて暢気《のんき》に分析をしている場合じゃない！

誰か、誰かいないのか⁉

周囲を見回して助けを呼ぼうにも、誰もいない。

それはそうだろう、なんせ日の出を迎えたばかりだ。

僕が、何とかしないと！

「──あ、だ、大丈夫ですか？」

蚊《か》の鳴くような声しか出ない。

川を流れる女性には、届いてないだろう。動く気配がない。

普段、大きな声を出す機会がなかったからだ。

だからこういう一大事でも、大きな声で助けすら呼べないっ！

「追いかけなきゃ……！」

そうでないと、このまま流されていって彼女を見失う。

濡《ぬ》れた雑草をザクザクと踏み分け走る。

まず救急車を呼ぶべきだよね。緊急ボタンがあったはず！

『はい、こちら消防指令センターです。火事ですか、救急で——』

「——救急というか、なんというか。えっと、多分、事故です！　初雁橋《はつかりばし》の下流、水《すい》上公園《じょうこうえん》辺りの川で人が流されてます！」

通話相手が言い切る前に、一息で言ってしまった。

焦《あせ》っていたし、走っている。それに緊急ボタンで通話をつなぐなんて真似《まね》で、心臓はバクバクなんだ。仕方がないだろう。

もう必要なことは伝えたはずだ。スマホを耳につけてちゃ走りにくい！

ダウンジャケットのポケットへスマホを突っ込む。

「あの、あなた、大丈夫ですか⁉」

僕なりに精一杯出した大声で呼びかけても、反応がない。

川を流れていく彼女を見失わないよう必死に食らいつかなきゃ！

こんな時、普通ならばどうするだろう？　どうするべきだろうか？

そんなことを考えつつも、僕は——これ幸いと川へ飛び込むことに決めた。

何も、迷うことなんかなかったな。

真冬の冷たい川、そして人助けという状況。必ず訪れるであろう死。

これこそまさに——僕が待ち望んだ状況だ。

重しになる上着は脱ぎ捨てよう。

ブルブル震える寒さでも関係なしに、薄着で川へ向かう。

「——……！」

冷たいどころの話じゃない……！

水に入った瞬間、筋肉が痙攣《けいれん》を始めた。関節が思う通りに動いてくれない。

だからこそ、いい。

文字通り必死の思いで腰近くまである水を掻《か》き分け、何とか彼女の身体を掴《つか》んだ。

「あ……く……！」

声を出そうとしても、歯がカチカチと鳴るばかりだ。

僕の吐く息に、ほんの少し、音が混じる程度。

水底の砂利《じゃり》に何度も足を取られた。

浅瀬まで来ると水が跳ねる度《たび》、しぶきが舞って僕の肌を凍らせるように攻撃をしてくる。

それでも僕は、彼女を岸に寝かせることに成功した。

まるで大きな魚を、引きずり上げるかのように不格好な救出だったけど……。

何とか、やり遂《と》げた。

「いき……！」

仰向《あおむ》けに寝かせた女性は、息をしてないように見える。

口元へ耳を近づけても、呼吸音が聞こえない。

「こ……んな」

こんな格好良く死ねるチャンスを、逃してたまるか。

必死に心臓マッサージと人工呼吸を始める。震えている場合じゃない。

両手で彼女の心臓を圧迫して、口へ息を吹き込む。

頼む、戻れ、死なないでくれ！無駄死《むだじ》には、嫌だから……。

「――……ふはぁっ……はぁっ……！」

「もど……った」

彼女は、呼吸を再開した。

熱く高まっていた気力が、全身の力が。まるで冷凍庫内のような空気に吸い取られるかのごとく、スッと抜けていく。

よかった、生き返った、のか……。

苦しい……。関節は凍りそうな程に動かない。

それに反し、僕の心臓はドクドクと音を立て無理をしていた。

血管を通じ、身体を震わせて生きようと足掻《あが》いてる。

ロウソクの炎が消える瞬間、最後に一際、燃え盛るのと同じ現象かもしれないな。

荒く必死に呼吸をしている彼女が、薄《う》っすらと目を開けた。

ガチガチと震え、顔も唇も真っ青だ。

「上着、暖かくさせ、ないと……」

低体温症《ていたいおんしょう》で死んでしまっては、元も子もない。

霜《しも》が降りている草にポタポタと水を垂《た》らしながら、防寒性能抜群の上着を取りに行く。

彼女を、死なせてはいけない！

鼓動に合わせ、身体がグラグラとよろめく。

僕の思う通りに、身体が目的を果たしてくれない。

もう黙ってよ……心臓。

もう少しだけ、動いてよ、僕の手足……。

彼女の元へやっと戻ってきた時、彼女はその全身をガタガタと震わせていた。

水を含んだコートのびちゃびちゃという音が聞こえる。

鉛《なまり》のように固い彼女の関節を無理矢理動かし、冷たく濡れたコートを強引に引き剥《は》がす。そして急ぎ、僕の上着で覆《おお》う。

勢いが過ぎたのか、僕のジャケットのポケットに入れていた財布やらスマホが飛び出した。

上着で包んでも暖《だん》が足りないのか、全身の震えは収まる気配がない。

そうだ。こういう時、人肌《ひとはだ》が一番温められると聞いたことがある。

両手を握れば、いくらかでも……。

震える彼女の手、その指を捕まえて、ギュッと僕の血潮《ちしお》の温《ぬく》もりを伝える。

何なら、そのまま僕から全ての熱を持っていってくれ。

「……よかっ……た。少し、まし、かな……？」

幾分《いくぶん》か彼女の表情がほっと緩み、血色を帯びてきた気がする。

「……ぁ、りが、と……」

ガチガチ震える声で、彼女が喋《しゃべ》った。

そこで、初めて気がついた。

顔色が悪くて確かなことは言えないけど……僕とそう変わらない年齢に見える。

今になり、やっと相手の顔をちゃんと見た。

顔なんて、僕にとってはどうでもよかったから。

「──ぐっ……！」

「どっ、した、ですか⁉」

痛い、痛い、苦しい……。来た、遂《つい》に。やっぱり、来てくれた……。もっと来い。

胸を刺す痛み、呼吸すらままならない。

心臓を掻き出すように手で押さえてしまう。

思わず目を閉じて、前のめりに蹲《うずくま》らずには、いられない。

これだ、これ……。僕をずっと不自由にしてきた感覚だ。

早く自由に、僕を連れ去ってくれ！

「救急隊です！　――大丈夫ですか⁉」

「ぁ……、ぉちぃた、ぉ財布から……ぉれが」

「彼のお財布からですか、これは、保険証と診察券、ですね⁉　あなたも一緒に――」

「かれを……、私ぁんかより、どうか……かれの、命を……！　ぉねあい、します……！」

「落ち着いてください！　オイ、担架《たんか》で運ぶぞ！」

僕は最期の時を待ち、やっと意識が朦朧《もうろう》としてくる。

痛みも感じなくなってきた……。

「いや……。こんな、わたしのため……に、死なないで……！」

最期に聞こえてきたのは、そんな悲痛な言葉だった――。

一章　現状と心境、定める目標

僕は死んだのか。

あの状況だ、僕の身体で助かるはずはない。そうか、死んだんだ。

死後の世界にまで意識が保持されるなんて、驚きだな。

お願いだから、生前の肉体までは継続しないでほしいよ。


『ごめんね、耀治《ようじ》。健康に生んであげられなくて、ごめんね』


ふと、すすり泣く母の姿が見えた。

魂《たましい》にでもなったのか、あるいは走馬灯《そうまとう》でも見ているのだろか。

まるで夢の中の映像を眺めているような状況だ。

ああ、忘れることなんて絶対にできない場面だ。母さんが抱いているのは、きっと。

『お母さん……泣かないで。ごめんなさい、僕が悪いんだよね？　泣かないで、泣かないでよぉ』

何て幼い声だろう。まるで遠い昔のことのように感じるよ。

でも、この会話はよく覚えてる。

だから母の背を抱き返しながら顔を不細工に歪《ゆが》めている、この子供は――間違いなく、僕なんだなと分かる。

『きっと、きっと耀治に合った良い治療法があるからね。一緒に頑張ろうね』

本当に母は、言葉通りに頑張ってくれた。

僕を安心させようと、つくった硬い笑顔、柔らかい毛髪ごと慈《いつく》しむように頭を撫《な》でつけている姿が、何だか懐かしい。

それでも……。母がこれだけ頑張ってくれたのに、後ろで目頭を押さえて泣かないようにしている父も、一生懸命に働きながら駆け回ってくれたのに。

懸命な治療が実を結ぶことは、最期までなかったなぁ……。

母の優しい手の感触も、今の僕には感じられない。

人は死ぬ間際、脳が活発に働いて、これまでの記憶が巡るという。

記憶には、何となくこうだったという感触の記憶はあっても、リアルな感覚の再現はされない。

つまり、だ。僕はちゃんと死んだんだろうな。

『ごめんね、母さん、父さん。僕は本当に、親不孝者だったね。……今まで、ありがとう』

語りかけても見下ろす母や父に僕の声は届かない。当然か、これは幻なんだから。

せめて最期に両親へ謝って、ありがとうぐらいは言いたかったな。

でも、同時に思ってしまう。これ以上、生きなくてよかったって。

両親がこれ以上、ボロボロに憔悴《しょうすい》していく姿を見なくて済む。

両親には迷惑をかけてしまったけど……。

後は誰にも心配をかけず終えられたのだけは、せめてよかったなと思う。

もし親しい友人なんかいたら、さらに悲しい思いをさせていただろうから。

すると、まるで映画のシーンが突然切り替わったかのように、見下ろす景色も変わった。

ここは……小学校の図書室だな。

美しく紅葉したイチョウが窓から見える部屋にポツンと僕が座っている。

『……綺麗《きれい》な風景。山、夕陽《ゆうひ》、湖……きらきらしてる』

受付にいる図書係以外に誰もいない、静かな空間だ。

たった一人きりで、一冊の雑誌を手に取った僕が呟《つぶや》いている。

美しく煌《きら》めいた湖面が優しく柔らかな夕陽を反射し、青々とした生命力に満ちた山を映し出していた。

ああ……。何度、目にしても、どこまでも自由を感じさせる壮大な風景写真だ。

これが僕を写真の世界に引き込んだ、大きなきっかけだった。

無味乾燥で漫然《まんぜん》と死を待つばかりだった僕の人生に、生きる目的をくれた。

友達なんて、つくったら死ぬのが怖くなるし、放課後も昼休みも一人で本を読んでいた。子供のうちは容態《ようだい》が変わりやすいからって、遠出は医者に禁止されていた。遠足にだって行けなかった。

だから死ぬのが怖くなるような友達は、つくりたくない。

そんな僕の願望は——努力するまでもなく、叶《かな》ったな。

最初は僕の病気で誰かに気を遣わせたり、万が一の時に悲しまれるのが嫌だから一人でいた。

でも、気がつけば状況は変わってたんだよね。

自ら一人になるまでもない。

学校に僕の居場所なんてなかった。

それは小学生の時から高校生になった最期まで、変わらなかったなぁ……。

自ら一人になりたいっていうのと、居場所がなくて独りっていうのは、少し違う。……ほんの少し、寂しくて。あと、悔しかった。

眩《まぶ》しい笑顔で皆がワイワイと賑わう中に独りでいなきゃいけないのは、辛《つら》かった。

代わり映えもしない暗い世界で、両親や先生に守られた——いや、囚《とら》われたような毎日を過ごしていた僕だった。

だからこそ、図書室でこの一枚の自由を感じさせる風景写真を見て、心の底から楽しいという感情が湧き起こった。

囚人《しゅうじん》のように暗くて限られた部屋しか見てこなかった僕は、こんな世界を居場所にしたい。もっと色んな風景を見たいって……そう思ったんだよな。

この写真に写る風景は、季節によってどう変わるんだろう。空気は、温度や香りはどんな感じだろう。きっとそう、涼やかな風が運ぶ森や草花の香りに、鼻腔《びこう》をくすぐられるはずだ。

そうやって綺麗な想像を膨《ふく》らませるだけで、空虚だった心が震えたのを覚えてる。

『ねぇねぇ、お母さん、お父さん！　この本、見て見て！』

『わぁ、綺麗ね』

『ああ、これは凄《すご》い。美しいな』

僕が図書室から借りてきた雑誌を、夕食の席で興奮しながら見せた。

両親は本当に嬉《うれ》しそうに風景写真と――そして、笑う僕へ視線を向けていた。

ああ、そっか。僕が笑っていたから、二人とも笑顔だったのか。

僕は、可愛《かわい》げのない子供だったな。だって、ほとんど笑わなかったからさ。

でも、この頃の僕は愚《おろ》かだった。

二人も風景写真が好きなんだって思い込んで――。

『――僕、カメラが欲しい！　それで写真撮ってね！　明日からお父さんと、お母さんに！　綺麗なのを一杯見せたい！』

そんなことを言った。言いやがったんだよ……。

親の心配も考えず、自分勝手だったな。

結局、最期までに二人を笑顔にできるようないい写真も撮れなかったしさ。

ほら、見ろ。

母さんも父さんも目を合わせながら、表情を強張《こわば》らせているじゃないか。

まだ高校二年生の僕が、大人だとは言わない。

それでも、二人が親として何を考えているのかは分かる。

その心情を声にすると、こんな感じだろう。

『カメラなんて渡したら、写真を撮りたくなって外に出てしまう。それは危険だ』

『分かってるわ。そんな危ない真似はさせられない。でも、この子が物を欲しがるなんて初めてだから、何とかしてあげたい。せめて連絡がつくように――』

だから両親は小学校卒業前の誕生日プレゼントで、スマートフォンを僕に買い与えてくれた。

多分、だけど。すぐに買い与えるんじゃなく時間を置いたのは、夫婦で話し合いがしたかったから。いや、それだけじゃないはずだ。

お金の問題、あとは医者への相談だったんじゃないかな。

僕は泣きながら、毎週のように病院に連れていかれてたけど。でも本当に泣きたかったのは二人だったよね。……だって毎回職場からすぐに駆けつけてくれたもん。

ただでさえ子育てには、お金もかかるらしい。

父さんも、母さんも、かなりの頻度で仕事を急に休んでくれた。

バイトと一緒にしては失礼かもだけど……。沢山《たくさん》休めば、もらえる給料だって減るんじゃないかな？

だからお金を貯めて、スマホを持たせ外出するのが危険じゃないか。そう医者と十分に相談する時間を作れた小学校卒業前の誕生日に、スマホを渡したんだと思う。

この後、僕はおかしくなったように風景写真を撮って撮って、撮りまくって。

疲れてる二人の様子なんて、お構いなしに見せ続けた……。でも二人は、いつも優しかったよなぁ……。どんなに疲れてても、嫌な顔一つされなかったな。

それどころか、写真を見て褒《ほ》めてくれた。

『本当に綺麗ね。耀治がいてくれてよかったわ』

『ああ、今日も綺麗な写真を見せてくれて、ありがとうな。嬉しいよ』

写真を見て綺麗だ、と。そう言って、頭を撫でてくれた。

僕にとっては、写真撮影が唯一の趣味にして生き甲斐《がい》になった。いつか両親が感動するような、素晴らしい写真を撮ろうと思って。

それから身体が辛くならないように近場で、四季折々の美しい風景写真を、ずっと撮ってきた。

近場だろうと僕の撮り方が上手くなれば、心配ばかりをかけるんじゃなくて、また両親を笑顔にする――綺麗な思い出が残る写真をプレゼントできる。

そう思ってた。

でも、許されるなら――。

「――遠くの風景も、撮ってみたかった」

「うん、撮りに行こうよ」

「……ぇ？」

突然、全く知らない女性の声が聞こえてきた。

何だ？　走馬灯では、記憶にない声が混じるのか？

「……え？」

戸惑っていると、また景色が一変した。

見慣れた白い天井を背景に、覗《のぞ》き込む人がぼんやりと、そして徐々に鮮明に映る。

そして僕らは、しっかりと目が合った。

僕の顔を覗き込んでいる大きな目に、瑞々《みずみず》しくてきめ細やかな肌、綺麗な鼻筋をしている——快活そうな表情で、スッと伸びる綺麗な髪をした女性と。

「……誰？」

「初めまして、私は日向夏葵《ひなたなつき》だよ。あ、ちなみに日向までが名字だから！」

日が向かう葵《あおい》——つまり、向日葵。その間に夏を組み合わせて、日向夏葵。

向日葵と紹介した通り、花が開いたように美しく笑う女性だな。

ちょこっと窪《くぼ》んだえくぼも堪《たま》らない。

ハッキリいって、もの凄く可愛い。動物に例《たと》えるなら、リスかな。

でも目覚めた時にどんな可愛らしい子が目の前にいても——結局、人間だ。

僕は少し、残念だった。

「……天使とか、女神様とかじゃないんですね」

自分で思っているよりも、小さくて暗い声だったと思う。

「白衣の天使ってこと？　嬉しい勘違いだね。でも残念ながら、違うかな！」

彼女はどうやら自分の容姿が褒められたと勘違いしたらしい。うん、言い直そう。

「……そうですか。人間で、残念です」

「残念は、ひどくないかな？　白衣の天使さんは、ナースステーションに戻ったよ。

また見に来るってさ。君のご両親も入院に必要なものを取りに席を外してるよ！」

ベッドの横に置かれたパイプ椅子へ座り、彼女が説明してくれた。

早口でも聞き取りやすいな。

高めの澄んだ声色は、まるで朝の森で鳴く小鳥のようだ。

それにしても、随分《ずいぶん》と人との壁がない人なんだな。

家族のように接してくるというか……。

「あの。少し……距離感が」

「あ、ごめんね。声、大きかったかな？」

違うよ、馴《な》れ馴れしいという意味だよ？

「まだ安静にしなきゃだし、病院だもんね。迷惑にならないよう気をつけます」

完全に、意味を勘違いされてるな……。僕の言葉が足りなかった。

でも、そこは人を気遣って素直に引くのか。

おそらく彼女は、いい人なんだろう。明るくて、人に好かれる——。

「……それで、あなたが僕に何の用でしょうか？」

——だからこそ、僕にとっては天敵だ。

僕と決して相容《あいい》れぬ対極の存在、光と影だ。

「えっと……そんなに冷たく当たらないでよ」

「あ、いえ。これが僕の普通ですから」

だからだろうか、どことなく冷たく接してしまうのは。

しょんぼりしたように眉尻《まゆじり》を下げた姿に、罪悪感を抱く。

「お礼が言いたくてさ。私、君に助けてもらったの。川で死んじゃいそうだったところをね」

え？　今、信じられない言葉が聞こえた。

「朝の散歩中に、橋から景色を眺めてさ。クラッと目眩《めまい》がしたと思ったら、自分がどこにいるか分からなくなって……。次に気がついたら、もの凄く冷たい川の中で。冷たすぎたのか身体も上手く動かなくてね。このまま死んじゃうんじゃないかって、怖かった」

「あ、あなたが、真冬の川で流れてきた、あの女性……ですか？」

「そう。だから、これを言いたかったの！　――本当に、ありがとう！」

川岸で助けた時に見た、弱々しい姿からは想像がつかない。

こんなにも陽のエネルギーに溢《あふ》れて、生命力の塊《かたまり》みたいな人だったなんて。

「自分が大変なことになるかもなのに、あんな川に入って助けてくれるなんて……。君って、凄く勇気あるんだね！」

自分が大変なことに……。そうか、そうだった。

僕は、助かってしまったんだ。

こんな誰からも愛されて、記憶に残りそうな美しい人を助けて最期を迎えられたなら、どれ程よかっただろうか。

　自分の人生には意味があったって言えただろうに。

「……別に、僕は自分のことしか考えてなかったですから」

「千載一遇《せんざいいちぐう》のチャンスを逃したから、そんな辛そうな顔をしてるのかな？」

　そう、もう二度と――ないだろう。

　意味のある死を迎えるという、大チャンスは。

「チャンス？　……ごめんね。君の考えを理解してあげたいのに、私には分からない」

「そうですよね」

　むしろ簡単に理解できると言われた方が困るよ。

　ずっと暗くて狭い部屋や病室、人と喋らない――暗い殻《から》に閉じこもっていた僕を、光り輝く人に『理解ができるよ』とか言われたら、うさんくさい。

「ね、君はあんな所で何をしていたの？」

「……あの。なぜ、そんなことを聞きたがるんですか？」

「まぁ、いいじゃん。君のお母さんからも、起きたら話しかけてあげてねって言われたしさ」

はい？　母さんが、この子にそんなことを？

「母と知り合いなんですか？」

「さっき、ごめんなさいって謝った後、友達になったよ。最初は良く思われてなかったけど、話をするうちに、ね。ほら、これ。連絡先まで交換したんだ」

ポケットから取り出したスマホのディスプレイを僕に向けてくる。メッセージアプリが開かれていて、僕の目には確かに、母さんのアカウント名が見えた。

「……凄いコミュ力、ですね」

「そうかな？」

小さく頷《うなず》いて返事をした。

チラッと見えたが、彼女のアプリの友人数は四桁に迫っていた。

とんでもなく友達が多いな。

まぁ、僕が家族と親戚の五人しか登録していないから、多く感じるだけかもしれないけど。

「それで君は、あそこで何をしていたのかな？」

随分と軽い口調でグイグイ寄ってくる人だ。

不気味な程ニコニコしていて、少し苦手だ。でも不思議と、不愉快とは思わない。

それどころか、彼女にならーー話しても、いいかもなと思ってきた。

友達が多い彼女なら、僕が急にこの世からいなくなっても、三日で
『——あぁ、あの人は残念だったね』

ぐらいの感情になってくれそう。もしかしたら、いなくなったことにも気がつかないで忘れてくれるかもしれない。それなら、僕としても都合がいい。

むしろ、嬉しい。

「風景写真を撮ってたんです。梅の蕾《つぼみ》がつく時期だったので」

「へぇ！　それって、あの目がビョ〜ンッて飛び出てるカメラで？」

「一眼レフのことですか？　違います。スマホです」

「そうなんだ！　それって、このスマホ？　ね、君が撮った写真を見せてくれない？」

備えつけのテレビ台の引き出しから僕のスマートフォンを取り出し、彼女が聞いてくる。おもちゃを前にした子供のようにキラキラとした目で。

本当にこの人は一体、何なんだろう？

まぁでも——僕としても、写真を誰かに見てもらう機会には胸がときめく。だって、僕が人生でたった一つ、本気で打ち込んできたものなんだから。

「……はい、どうぞ」

「わぁ、ありがとう！　あ、それと私には、もっとフランクに話してよ？　同い年なんだからさ」

「……は？」

「ごめんね。保険証と診察券が見えちゃったんだ。それと、君のお母さんからも色々と聞いたし」

ほんの少し、表情を暗くして彼女は言った。その言葉で察した。

彼女は、僕の余命《よめい》がもうほとんど残っていないから、ハイテンションで元気づけようとしてくれてたのかって。

「僕の病気のこととか、余命のことを聞いたんで——聞いたんだね」

「……うん」

彼女は悪くない。仕方ない。むしろ申し訳がない。

誰かのために冷たい川へ入ったとか。そんな信じがたいことをしたなんて、僕の余命を知る母さんが聞けば、気も動転するだろう。

「どこまで聞いたの？」

「……心臓のこととかも、少しだけ」

「そっか」

それなら、ほぼ全てじゃないかな。

心臓と余命を語れば、僕の大部分は分かるから。

「母さんは、パニックになってたんだろうね」

「……うん、すっごく。パニックだったからかな。途切れ途切れな説明で、色々と分かんないとこも多くてね。それに君は、身体が悪い中、何で私を助けてくれたんだろって……。よかったら君の口から、ちゃんと聞かせてくれない？」

彼女がスマホを握る指が白く変色していた。

落とさないよう、強く握っているんだろう。

そして真っ直《す》ぐに、こちらを見つめてくる。

その目は、今までの人生で見たことがない輝きだった。

同情とも違う。僕を見ていた、今までのどんな瞳とも違う。

力強くて――何か、意思のようなものを感じた。

話してもいいと思わせる魅力、なのかな？

彼女に友達が多い理由が、何となく分かったかもしれない……。

「最初は小児の健康診断だったらしいよ。そこで、僕の心臓病が見つかったんだ。二回手術を受けたけど、完治しなかった。心臓移植手術を受けようにも、僕の血液型は千人中五人ぐらいしかいない、ＲｈマイナスのＡＢ型だから難しいってさ」

「え。ＲｈマイナスのＡＢ型……。本当に？」

彼女の目が見開かれた。

「嘘《うそ》をついても仕方ないでしょ」

「そっか……。ずっと、ずっと希望を待ってたんだ……」

「死と隣合わせの中で、ね。でも、心臓移植のドナーを十年以上も待ち続けて、ついに生きることを諦《あきら》めた。希望なんて、なかったんだって。だから僕は……誰の心にも残らないって決めた。誰とも仲良くしなければ、悲しむ人は少ないでしょ？」

「……どうして私には、話してくれる気になったの？」

心なしか、声に張りがなくなっている。

何か、彼女の気に障《さわ》ることを言ったか？

いや、彼女は友達を増やしたいタイプと見た。

きっと……私と友達になりたくないってことか、と。

そう不安に思ってるんだろうな。

「君は友達が多いから、すぐに忘れてくれそう。めちゃくちゃ明るくて、落ち込まなそうだし。だから話すんだよ」

「そっか……。見届け人になっても問題ないって、私を選んでくれたんだ？」

「そこまでは言ってないよ」

彼女は笑いながら、そう言った。

底なしにプラス思考の女性だ。どうして、そんな風に考えられるんだろう。

いや。もしかしたら、このシリアスな空気を変えようと、無理して明るく振る舞ったのかもしれないな。

「見届け人っていうか……。もしかしたら、誰かに話したかったのかな？　僕、君が苦手っていうか、嫌いだから、言っても問題ないかなって」

「……こんなに嬉しいと感じる嫌いなんて、初めて言われたなぁ」

そう。

彼女のように強くて明るい人は、嫌いだ。

僕では肉体的に、どうしても届かないタイプだから。

「まぁ、そんなこんなで、僕は運動も外出も制限された。気がつけば、一人でいたい。じゃなくて、独りでしかいられないぐらい、周りが僕を視界に収めなくなってた」

「悲しそう、だね」

悲しい、か。

そうだね、今になって思えば、その通りだな。

「狙い通りだったんだけどね。人に無視されることと、誰かの心残りにならない距離は、違ったんだ」

気がつくのが遅すぎだろって、自分が嫌になるよ。

「ずっと、寂しかったんだね」

ズバッと、心の本質を突いてくる子だ。

　これも素直さって言うのかな。

「……そうだと思う。でも友達にはなってほしいけど、必要以上には近づかないで、なんて。そんな独り善《よ》がりで失礼なことは、誰にも言えなかった。全部、意気地《いくじ》がない自分のせいだ。独りの教室や病室で、僕は自分が嫌いになっていく毎日だった」

「一度、暗い世界に入り込んじゃったら……自力で抜け出すのって難しいもんね」

　何で君が、悲しそう——いや、悔しそうな表情を浮かべるの？

「僕の言い訳だけどね。それに僕には譲れないものが二つだけあったんだ。一つは、人になるべく迷惑をかけず、誰の心残りにもならないように、最期まで生きること」

「……そっか。もう一つの譲れないことは？」

　ごめんね。

　その歪んだ表情の意味が……友達がいなかった僕じゃ、理解できないよ。

「もう一つは、人の感情を揺さぶるような、そんないい風景写真を撮って、両親に見せること」

「へぇ～！　だから君は、このスマホで沢山、写真を撮ってるんだ。あんな増水した川のそばにいたのも、両親に素敵な写真をプレゼントするため、だったのかな？」

「うん。小学生の頃、嬉しそうに風景写真集を見せる僕の姿を見て、両親も笑ってくれたからさ」

僕の大切なスマホを手で擦り続けながらも、彼女の目は僕に向いている。

真っ直ぐ、ぶれることなく見つめてくる。

ずっと独りぼっちだった僕に、何でこんな真剣な瞳を向けてくるんだろう？

そんなに優しくて眩しい目をされたら、口が軽くなっちゃうじゃないか。

一時の救いを……求めちゃうよ。

「それ両親が僕の誕生日プレゼントにくれた、大切なスマホなんだよ。何度も修理して昔から使い続けてるんだ。ずっと迷惑をかけてばっかりだったからさ、せめてそのスマホでいい写真を残して、お返しをしたかった。……まぁ遠出はしなかったけど」

「心臓が原因で、遠出しなかったの？」

「いや、違うよ。子供の時と違って今は、薬の量も計算して調整できるらしいから。遠足や修学旅行レベルの移動はできる。……まぁ、飛行機とかは無理で、電車とかバスに限るけどね」

昔と比べれば、格段にできることは広がってる。

ただ、近場でも風景写真は撮れるし、十分だ。

「遠出して一人で何かあったら、また迷惑をかけちゃうしね……」

「……君はさ、怖いんだね？　新たな挑戦をするのが、さ」

心がギュッと、わし掴みにされたような錯覚がした。

可愛い顔をして、ズバズバと物を言うな。

でも……そっか。確かに僕は、怖かったのかもしれない。

誰かを泣かすのが怖い。心残りが怖い。ギリギリで生きるのが——怖ろしい。

それなら高いリスクを負ってまで安全な殻からは出ず、目の前にあるもので満足して、心置きなく寿命を迎えたい。

僕の行動原理は全部、恐怖心なのかもしれないな。

「そう。心臓に、いつ暴発するか分からない爆弾を抱えているのは、怖い」

いつも爆発するぞってフリばっかりで。その度に僕は、胸の痛みに苦しんだ。

両親も心と懐《ふところ》を痛めたうえに、自分を責めた。

「もう嫌なんだ、迷惑をかけずスパッと終わりたい。倒れる度に不安そうに飛んできて、大丈夫だったら安堵《あんど》して疲れた顔で笑う。両親がすり減っていく姿を、見たくない。僕に振り回されて、トイレで泣いて。僕が寝てるのを確認してから、深夜家計について会議する姿も、眠気と戦って副業をする姿も見たくないんだ」

小さい頃から続く、そんな光景が脳裏《のうり》に浮かぶ。

目頭がじんわりと熱くなってきた。本当に、周りに申し訳ない。

「それでも医者と両親に確認しながら少しずつ、歩いて行ける距離から自転車で行ける距離って撮影場所を広げていって……。毎日、綺麗な風景写真を撮り続けた。僕なりに両親へ感謝を込めた写真を残したかったから」

こんな誰も幸せにできない身体で、怖がりながら生きるのが——とてつもなく嫌なんだ。

「そっか……。私にも、分かるなぁ……」

は？

こんなに元気で、快活に日々を生きてそうな人が……僕の恐怖を分かる、だって？

健康に動ける君が軽々しく、そんな言葉を口にしないでほしい。

いや、落ち着け。彼女はまだ、僕の追い込まれた現状までは知らないんだから。

「医者が言うにはさ……僕の心臓は安静にしてても、来年は迎えられないかもって。突然死も有り得るって。この間、言われたんだよね」

「そう、なんだね……」

「——だから、君が川から流れてきた時は、最高のチャンスだと思った」

「……え？」

彼女は呆《ほう》けたように、口を半開きにした。

「誰かを救って死ぬなら、こんな最高の死に方はない。ずっと未来なく、倒れる度に両親を泣かせて、不安にさせて。地獄のような人生でも、僕が生きた意味はあった。そう思える、またとないチャンスだと思ったんだよ」

「……だから、真冬の川なのに飛び込んで、助けてくれたんだ？」

「そう、勇気でも優しさでもないよ。自分で心臓を爆破しに行ったんだ。だから、僕に感謝なんて、絶対にしなくていいからね」

自嘲《じちょう》気味に笑う僕の顔を見て、彼女は顔を伏せてしまっている。

数秒、顔を伏せていた彼女だが、すぐに顔を上げた。

そして僕のスマホディスプレイが、再び光る。

「わぁ、これがさっき言ってた梅の蕾？」

さっきまでの暗い表情とは真反対に、輝いた笑顔で聞いてきた。

僕の写真を彼女は、次々にスライドさせていく。少しだけ、どきどきした。

誰かに自分の撮った写真を見せるなんて、両親以外になかったから。

どんな感想が出てくるんだろう。

「うん！　どれも、全部が綺麗な写真だね！」

待ち望んでいた感想は、たった一言だった。

少しショックだ。僕が昔、小学校の図書室で見た風景写真には敵わないだろうけど、もう少し感動してくれると思っていたのに。

「……撮った景色が綺麗だっただけだよ。……単純に」

「あ、ごめんね。拗《す》ねちゃったかな？」

からかうように、彼女が人差し指で僕の頬をグリグリと捻《ひね》ってきた。

僕からすれば、それが余計に屈辱《くつじょく》だった。

上目使いでベッド柵に顎《あご》を乗せて。そんな男を勘違いさせるような仕草が、自然と出るなんてね。この子は、小悪魔なのかもしれない。

「別に。感想はそれだけかと思っただけだよ。……好きとか嫌いとか、あるじゃん」

「ん〜……。嫌いじゃないよ？　素直に、綺麗な風景だな〜って感想かな？　……今は、ね」

それ、暗に好きではないって言ってるよね？

もう返事をするのも面倒くさい。

そう思っていると、頬にグリグリ感じていた温かい感触がなくなり——静かな、真剣な声が聞こえてきた。

「ね、君はさ——将来の夢とか目標って、ある？」

「……は？」

思わず間抜けな声が出てしまう。

それぐらい予想外だった。

「将来の夢とか目標がないとさ、この先で何をしたいか、何をすべきか分からないじゃん？」

テレビ台にスマホを置くと、椅子から立ち上がり彼女は言う。

「あのさぁ……」

僕は溜息《ためいき》交じりに声を吐き出してしまう。

この人は、何を言ってるんだ。

「素敵な夢を見て朝を迎えないから、ついつい過ごし方も暗くなっちゃうんだよ」

「いや、だから」

「夢があれば、未来だって見えて明るくな——」

「——君はさ、僕の話を聞いてなかったの!?」

自分でも、驚く程に大きな声が出た。

何なんだ……。こんなにも頭が真っ白になるのは初めてだ。

目がチカチカして、腕もブルブルと震えてしまう。

こんな声が、川で流れてくる彼女を見つけた時に出ればよかったのに。

よりによって病室で、それも女の子に向かって怒鳴《どな》るなんて。

「……き、聞いてたよ」

「だったら何で夢とか未来なんて、無神経なことが言えるのさ!? 言っただろ! 来年には、僕は死ぬんだって!」

八つ当たりだとは分かっている。

でも――どうしても、止められないんだ。

「……そんな先の未来じゃなくて、明日とか、来月とか、来年までの近い将来とか……さ」

潤《うる》んだ瞳で視線を向ける表情に心が痛む。

ああ、もう。何で病室から逃げないんだよ。

いや、どう考えても僕が悪い……か。

嫌だからやめてと言う前に怒鳴るなんて、本当に最低だ。

込み上げていた怒りは、やがて収まって……次第に罪悪感や後悔が襲《おそ》ってくる。

「……怒鳴って、ごめん。もしかしたら君は、いい写真を撮るには計画が必要だって教えようとしてたかも、なのに。……でも、悪いけど今日は帰ってくれないかな」

もうこれ以上、彼女と関わる必要なんてない。

僕が謝って、彼女が帰って。二度と会うこともない。それで全て丸く収まる。

彼女は「ごめんね」と呟くように口にしながら、小さく頭を下げ、病室から出ていった。

彼女がさっきまで座っていたパイプ椅子の上には、もう誰もいない。静かな空間だ。

僕はもう、何も問題がなければ、明日の午後には退院するだろう。

今までの入院経験から、だいたい分かる。また静かで暗くて。刺激もなく、まるで暗い殻のような六畳間の自室にこもって、最期を待つんだ。

「……日向夏葵、か」

もう会うことはないだろう彼女の名前が、妙に心にへばりついて残った――。


「――……何で今日も、来るのかな」

翌日、僕が入院している病室には、日向夏葵が座っていた。

昨日、あれだけ怒鳴られて嫌な思いをしただろうに。

退院手続きを終える前に、彼女が入ってきた時は、自分の目を疑ったよ。

「お見舞いに来たかったんだよ！ 冬休みだしね。あと、君のお母さんからも頼まれたしさ」

「そうじゃなくて……。というか、何で僕のお母さんと、そんな親しいの？」

どうして、そんな笑顔になれるんだ。本当に、どんなことも右から左なのかな。

「それは別にいいでしょ？ ね、またあの写真、見せてよ！」

僕に向かって彼女は、手を伸ばしてきた。

花が咲いたような笑顔で、じっとこちらを見つめてくる。

怒鳴った罪悪感はあるけど、そんな僕の負い目すら消し去る程に彼女は朗《ほが》らかだ。

僕の話をちゃんと聞いてくれる気は、ないみたいだけど。

「……別にいいよ」

それと、前言を訂正しよう。

僕が死んでも彼女は、三日後には忘れると言ったけど、翌日だ。

今日のように彼女は、翌日には忘れてくれる。

対極の人間だからか、僕には理解できないけど、これは確かに接しやすい。

それは友達も多いはずだ。

彼女を怒鳴った罪悪感もある。

何のお詫《わ》びにもならないけど……別に写真を見せるぐらい、いいか。

座りながら黙ってスマホを差し出すと、彼女は昨日と同じように写真フォルダをスクロールしていく。

嫌な沈黙だ。どうせまた、同じ感想だろう。

「やっぱり、綺麗な風景だね」

ほら、やっぱりだ。

そんなでも……僕が恐怖と戦い外に出て、心を躍らせながら撮った風景写真たち、なんだけどな。

彼女は話す時、上体と顔を常に僕へ向けてくる。決してお尻を向けようとしない。

礼儀正しいというか。ここまでくると、もう人として怖い。

まるで太陽を追う向日葵のようだ。

日向夏葵。名は体を表すと言うけど、ここまでとは思わなかった。

「……ありがとう。やっぱり、人が感動できない写真みたいだね」

思わず不満を口にしても、彼女は微笑《ほほえ》みながらディスプレイを眺めている。

本当に自由な人というか、マイペースというか。

やがて、ぽつりと呟くように言った。

「……ん、惜しいんだよなぁ」

「何が？」

「そうだな……。ねえ。君と私、どっちも蕾に似てるなぁ〜とか、思わない？」

柔らかな笑みを浮かべながら、彼女は尋ねてきた。

「思わない」

「え、何で？」

「君はもう、咲いてる花だと思うよ。まぁ僕は、花開くこともなく枯れる蕾かもね」

「そこは枯れずに咲いてよ」

冗談だと思っているのか、彼女は苦笑を浮かべた。

本心からの言葉なんだけどな……。

「仮に僕が蕾だとしても、咲かないよ。僕には明るい太陽が、未来がない。日陰に根を下ろしちゃってるから」

「君は暗い！　心が雨雲みたいに暗いんだよ。蕾を開かす太陽も、それじゃ見えないって！」

ああ……。これが陽キャという生き物か。

暗い殻の中に生きる僕とは、真逆だ。やっぱり、僕と彼女が似てるわけがない。

「……自分の性格がジメジメと暗くて、鬱陶《うっとう》しいのは自覚してる」

「そういう問題じゃないよ〜！　君は動けない植物じゃないんだから、太陽を見に行けばいいんだよ！」

「僕を蕾に例えたの、君だよね？」

少しだけムッとしていた彼女だけど、何か閃《ひらめ》いたかのようにベッドから立ち上がり、こちらを見る。

改めて立った姿を見ると、細いな。ちゃんとご飯食べてるのかな。

「私ね、君の写真は凄く綺麗だと思うの」

「……どうも」

「でもね、君の写真は——ちょっと解像度が足りない気がするんだ」

「……スマホなんだから、仕方ないじゃないか。限界があるよ」

そりゃ、プロが持つような高性能カメラには及ばないだろう。

「写真、詳しいの？」

「私は写真に関しては完全に素人《しろうと》だよ。……でも何となく、惜しいって思うの」

「……僕、これでも綺麗な写真に関してだけは、ずっと一生懸命に勉強してきたんだけど。古いスマホでも綺麗な写真が撮れるように調べて、太陽の位置や光加減を含めた構図も考えて。綺麗な写真になる瞬間を逃さないように、夜明けだろうと早起きしてさ」

「だからこんな綺麗に撮れるんだね。──それで君はさ、解像度って何だと思う？」

何を言っているんだろう？

ずっと勉強してたと言ったんだから解像度ぐらい知ってるに決まってるだろうに。

「写真とかを小さく分割したピクセルの中に、色を密集させた相対解像度とか。あとは、そのピクセル数を表す絶対解像度でしょ。これが増えることで、よりシャープな──」

「──ああ、違うの！　ごめんね、私は写真素人だから！　私が言いたいのは、そんな専門的な難しいことじゃないよ。もっと『深みのある解像度』ってことだよ！」

ぶんぶんと首を振る。

彼女の長い髪からフワッと、シャンプー剤の甘い香りが漂い鼻腔《びこう》をくすぐった。

何だか、凄く心地良い。病室に生花が飾られたようだ。

彼女のわけが分からない理論なんて、許せる程に心が落ち着く匂いだ。

「……どういうこと？」

「すぐに答えを教えても、つまらないから――探そうよ！」

「は？」

探す？　どういうことなのか、全く理解ができない。

「私にはね、この写真たちは未完成で不十分って感じるんだ。君は、いつ死ぬか分からないんだから、目標とか夢を持っても仕方ない。もう遅いんだって言ったよね？」

「……驚いた、ちゃんと聞いてたんだ」

「世界ってさ、映像で見るより、もっと新鮮で沢山の情報を持っていると思うな。そんな広い世界を切り取って伝えるのが、写真なんじゃない？」

「それは……」

思わず、視線を泳がせてしまう。……確かに。僕の心を動かした風景写真を思い返すと、美しい風景の、ほんの一部をフレームに凝縮させていたように思う。

このフレームの外にはどんな景色があるんだろう。

そう考えなかったと言えば、嘘になる。

僕の写真は、よく知る近場の……ありふれた綺麗な情報しか、写していなかったかもしれない。

「君の残った人生、私と――撮影の旅に出ない？」

「……は？」

「残り少ない君の余命、きっと充実させるからさ。暗い殻にこもるぐらいなら、私にちょうだい？」

まるでプロポーズのようだ。

でも、それは愛の契《ちぎ》りでも何でもない。

まるで悪魔との契約のように、僕の余命をくれと言っている。

僕と真逆な光の世界に生きてきた彼女と旅をすれば確かに沢山の情報を切り取って伝えられる気はする。綺麗な写真を撮りたい僕からすれば、それは魅力的なことだ。

でも、やっぱり……その誘いには乗れない。

一緒に旅まですれば、さすがに彼女にとっても僕の死は、心残りになっちゃうだろうから。

「……やめとくよ。君のためにもならない。確かに、僕はいい写真を撮ることにかけては妥協《だきょう》したくない。だからずっと写真の勉強をしてきた。写真のことだけは、君より詳しいと思うしね。……でも、いい写真のヒントをくれて、ありがとう」

布団をギュッと握りしめながら、答えた。

我ながら、何て悔しげな声を出してるんだろう。

数秒程、沈黙の時間が流れた。

僕に優しい眼差《まなざ》しを向けながら、彼女は何かを考えてるんだろうか。

何でそんな、真っ直ぐに僕を見つめてくるんだ？

「……分かった。今日のところは、帰るね」

そう言って彼女は、帰る時に扉《とびら》の前でもう一度、僕に正対してお辞儀《じぎ》をした。

再び病室に、彼女がいない静寂が戻ってきた。

同じ場所とは思えないぐらい、今の病室は暗く感じる。

静かすぎる空間。何もしないのは、ソワソワしてしまう。

思わずスマホを握りしめ、インターネットで検索をしてしまった。

ディスプレイには、目も心も奪われるような、日本の様々な風景や世界の絶景スポットが映し出される。

「……ごめん。心臓の悪い僕じゃ、こんな美しい所まで登れない。飛行機にすら、乗れないんだ……」

久しぶりに、悔しさで震えた――。

退院してから数日後。年も明け、高校二年生の三学期が始まった。

僕の通う高校は、最寄りの川越駅《かわごええき》からは反対側にある。

頑張れば自転車で通えるが、心臓への負荷を心配した親の勧《すす》めもあって、川越駅からはバスだ。

駅まで徒歩で通うのは、一つだけいいことがあった。

街道にある、街路樹が見られることだ。

ビル街の中、人間の都合で植えられたのに、立派に育った生命力に満ちた大木だ。

そびえ立つビル群に遮《さえぎ》られ、陽射しも薄い街道。

そんな暗く狭い環境、孤独でも強く生きる街路樹を、思わず自分と重ねてしまったんだ。

今日も立派に生きる街路樹を見て勇気をもらうのが、日々のささやかな癒《い》やしとなっていた。

「……新学期を乗り切る、力をください」

街路樹を一撫でしてから駅へ向かって、バスに揺られながら撮影技術の本を読み、学校へと着いた――。

校門を入った後、僕は肩身を狭くして歩く。

誰も彼も、友人と冬休みの思い出について語っていたり、学校が面倒くさいなどと会話に花を咲かせていた。

そんな中、話す相手の一人もいない僕は、身を丸めるようにして校舎前まで歩き――。

「──望月《もちづき》君！」

後ろから、凜《りん》とした美しい声に呼ばれた。

声の質は、確かに知っている。

こんなエネルギーに満ちた美しい声が、他にあってたまるか。

でも彼女は、こんな所にいるわけが──。

「病室以来だね！」

いた。二度と会うことはないと思っていた女性が。

「日向、さん？　……何で」

「お、初めて私の名字を呼んでくれたね？　あ、それはお互い様か！」

カラカラと笑う日向夏葵は、やはり特別に元気な人だ。

思わず止まってしまった僕の正面に立ち、下から顔を覗き込んでくる。

「あの、何で？　もしかして、学校……」

「そう、私と望月君、同級生だよ？　望月君のお母さんから聞いて、私もびっくりしちゃった」

「僕、そんなこと聞いてないんだけど？」

「驚いた？」

当たり前だ。

悪戯《いたずら》が成功したからか、身体を前のめりにして、首を傾《かし》げながら僕を見てくる。

向けられた笑顔に、何だか無性に腹が立った。

母さん、何で僕には言ってくれなかったの？

心の準備ぐらい、済ませておきたかったよ。

「秘密にしてって、お願いしたんだ。──あ、望月君の連絡先も、もらったよ。サプライズは成功したから、後で友達申請、送っておくね！」

「いや、僕は誰とも……。だから、許可しないよ」

死んだ人の名前が残り続けるなんて、嫌だろう。消すのにも困るはずだ。

「え〜、何でよぉ」

彼女がムッとした表情に一転した時──。

「──夏葵、誰だそいつは？」

「何、夏葵の知り合い？　あ、ウチらのクラスの……人じゃん」

身長が高い、細身なのに色黒短髪で前髪を上げた筋肉質な男。

そして、出るところは出たポニーテールの女の子が話しかけてきた。

女の子が視線を右上へ向け言葉に詰まっていたのは、僕の名前が出なかったからだろう。

まぁ……思い出されなくたって、いいんだけどね。

僕がそうなる行動をしてきた結果だから。

別に、寂しくなんかない。

「あ、勇司《ゆうじ》に舞《まい》じゃん、おはよ！　あのね、望月君と私は、深い仲になったんだよ」

「は⁉　深い仲って、何だよ、それ⁉」

「ちょ、もしかしてだけど、夏葵。この陰キャっぽいヤツと……付き合ってんの？」

勇司と呼ばれた男性は怒りに眉を吊《つ》り上げ、舞と呼ばれた女性は動揺していた。

そして、僕の平凡な日々を全力で殴り壊した張本人、日向さんは――。

「――思い出すなぁ～。寒い中、絡《から》む指の温もり……。荒々しく唇を合わせ、胸に感じる男らしい手を」

芝居がかった動きと声音で、さらなる爆弾を放り込んだ。

それは人工呼吸で確かにしたけどさ、そういう風に勘違いをさせる物言いは、やめてほしい！　というか、あの時に意識あったの⁉

こんな見るからに体育会系の男女に睨まれながら、僕にキチンと説明できるわけもない。

怖い。今すぐ逃げたい！

「お前、夏葵に手を出しやがったのか？　オイ、随分と手が早いじゃねぇか……！」

「夏葵を大切にする気、あんの？　あんたマジで、夏葵を傷つけたら許さないよ？」

グイグイと、二人が詰め寄ってきた。

ほ、本当に怖い。

堂々とした歩き方に、鋭い視線。目が合わせられないんですが!?

「ち……ちが……。あの、距離、近いです……」

「あ?」

「ウチらの大切な友達に手ぇ出したんだから、説明ぐらいしてくれるよね?」

これまで人と、ほとんど話したことがなかったのに……。こんな怒ってる体育会系の二人を落ち着かせるなんて、難易度が高すぎる! 本当に、自分が情けなくて堪《たま》らない……。

助けを求めるように視線を右往左往させると、僕たちの方を見て楽しそうに笑う日向さんが目に入った。

ごめんなさい、お願いだから助けて、という意思を込めた視線を送る。

すると日向さんは、飛び跳ねるようにこちらへ寄ってきて――。

「――はい、ストップ! 私の大切な人が、怯《おび》えてるじゃん」

迫りくる二人の背中をパンッと叩いて止めた。

「大切な人って、夏葵。お前、マジでコイツと……?」

「そう、望月君には、本当に感謝してたてね……」

「夏葵……。あんた、こういうのが趣味だったの？」

「実は――」

さすがに悪戯に満足したのか、どのように僕と出会い、どんな関係なのか、ちゃんと日向さんは説明を始めた。

その間に呼吸を整え、ようやく僕も落ち着きを取り戻した。

全く。この人が来てから、僕の静かな日常は、真逆になってしまった。

僕は今さら、そんな変化を望んでなんかいないのに。

会話の節々を聞いていて分かったことは、この二人――川崎《かわさき》勇司と、樋口《ひぐち》舞は、日向さんと相当に仲がいいこと。

そして、僕と同じクラスだったらしいこと。

それを三学期にして、初めて知るとは……。

いかに僕が教室で、クラスメイトではなくスマホばかり見つめている、陰に植わるような人間だったのかを再確認した。

「……あー、まぁ。なんか、夏葵の悪戯にまた騙《だま》された。望月、すまん」

「ウチも、ちょっと正気じゃなかったわ。マジでごめん」

「あ、いや……その、大丈夫、だから」

「それにしてもよ、お前スゲぇヤツじゃねぇか、望月！　夏葵を助けるために川に飛び込むとか！」

「やるじゃん！　そんな勇気ある行動、できちゃうタイプだったんだ～。ウチ、知らなかったよ！」

「ひぇ。あ、あの……。少し、ここは居心地が悪いので……。そ、その」

周囲の視線が、かなり集まっている。騒ぎすぎたから当然かもしれないけど。

そんな中でクラスの中心っぽい二人から謝られて、近寄られるとか……。

もう、どうしたらいいのか分からない。頭の中は軽くパニックだよ！

「──人と仲良く、なれちゃったね」

僕の耳元に顔を近づけ、ボソリと囁《ささや》く日向さんに、ゾッとした。

「私がこの場を何とかしてあげたらさ。友達申請、承認してくれるかな？」

僕はもう、キツツキのように首を縦に振った。

パッと満面の笑みを浮かべた日向さんは、嬉しそうに足を弾ませながら二人の元へ向かい、談笑を始めた。

この隙に、僕は離れよう……。

彼女はやはり僕の天敵だ。天使どころじゃない、心の平穏を乱す悪魔だ。

悪魔に目をつけられたら、この先も何をされるか予想できない──。

この日は始業式のため授業もなく僕は逃げるように学校を出てバスに乗り込んだ。川崎君や樋口さんが僕の存在を認識し、話しかけようとしていたのが分かったからだ。

日向さんには友達が多いから、すぐに忘れてくれるだろう。

「その判断が、間違いだったのかな……」

まさか彼女が、自分の友達を僕と近づけるべく画策してくるなんて。彼女は善意からの行動なんだろうけど、僕にそんなコミュニケーション能力なんか、ない。ましてや、あんなクラスの中心にいるようなキラキラした人たちとなんて、ハードルが高すぎる。

バスから降りて「……厄介《やっかい》なことになってきたなぁ」。そう愚痴《ぐち》りながら家へたどり着き、やっと落ち着く。

机に置こうとしたスマホを見ると、メッセージが来ていた。

日向さんからだ。

いっそ無視するか？　でも返さなければ、だ。学校で……目立つ人前で、文句を言われかねない。いや。彼女なら、きっとやる。

一言二言メッセージを返すが、親と比べて日向さんは返信が早い。送ったと思えば、すぐに返信がくる。これが陽キャというものか、と驚愕《きょうがく》してしまう。

挨拶《あいさつ》的で他愛もないやり取りを続けていると、彼女がとんでもない発言をぶっ込んできた。

『望月君の撮った写真、送ってよ！　ＳＮＳとかに載せてみよう』

スマホを持ったまま固まってしまう。

どういうつもりだ。僕の写真を未完成とか言ってたクセに。

『アカウントの作り方が分からないから、やめとく』

迷った末に僕がそう返すと、すぐに返事がきた。

『そう言うと思って、もう作っておいたよ。パスワードとか教えるから共同管理ね！』

彼女は無邪気《むじゃき》な行動力お化けだ。スマホの向こうで笑っている顔が脳裏に浮かぶ。

質《たち》が悪いのは、彼女に悪意がないことだ。

メッセージに載っているリンク先に飛ぶと、アカウント名には【二人の共同写真館】などというアカウント名があった。

思わず片手で頭を抱えて、呻《うな》ってしまう。無意識で天を仰ぎ、溜息が出る。

もう、何て返信したらいいのか分からない……。

地球の引力に従い、スマホを握ったまま、ぶらりと腕が下がってしまう。

すると、ポンと通知の音が鳴った。

既読になったのに返答しない僕へ、追撃をしてきたらしい。

『恥ずかしがらないで。せっかくなんだから、フォルダの海に沈めとくなんて写真が可哀想《かわいそう》だよ。より多くの人に見てもらおうよ！』

そのメッセージに、僕は考えた。確かに、誰かに見てもらいたい気持ちはある。

これでも一生懸命撮ってきた、思い入れのある写真たちなんだ。

日向さんや親の心は、動かせなかったかもしれない。

でも、それでも……。

この写真たちが誰かの心を揺り動かすかも、と。少しは思いたい。

迷った末に僕は、一枚の写真を投稿した。

誰かを笑顔にできますように、と祈りながら。

去年の春に撮影した、桜並木がドーム状に沿道を包み、花弁《はなびら》が風に舞う写真だ。

しばらくじっと画面を見ていたが、反応は一切ない。

フォロワーの一人もいないんだから当然かと思いつつも、やっぱり寂しい。

スマホをそっと机に置き、うつ伏せに布団へ倒れ込む。

自然と手はシーツを強く握り、深いシワを作っていた――。

徐々に暖かな日が増え、桜の蕾が膨らみ始めた。

そんな中、僕の日常はといえば――。

「――なぁ、望月。ちょっといいか」

「か、川崎君、また？　今度は、どうしたの？」

「いや、何回も聞くのは、しつけぇかもだけどさ。夏葵と、どんな話してんの？」

「いや、普通に写真のこと、とかだけど」

ビクビクしながら答えたけど、川崎君は納得していない表情だ。

「そんだけ？　何か男の話とか、俺たちの話とか出ないの？」

「ひ、日向さんからは聞いたことない、かな」

「え、マジで？　全く出ないんか⁉」

川崎君の大きい声で詰め寄られ、僕はビクリと椅子から腰を浮かしてしまう。

「こ、今度、話題に出たら報告するね」

早口にそう言いながら、僕は自分の席から離れていく。――でも、その手をガッと掴まれた。

「ちょっと待ってくれって！　なぁ、望月はさ……夏葵のことが、好きなのか？」

「か、勘違いだから、やめて。好きなんて、とんでもない。苦手っていうか天敵、だから。手、ごめん」

怯えながらも何とか手を引き剥がして、僕は早足に教室から逃げ出す。

「あ、おい！　いや、怖がらせるつもりは……すまん」

その後も川崎君は何かを話していたみたいだけど、他のクラスメイトの声に交じり聞こえなくなった。

僕はやっと落ち着けるという気持ちで廊下へ出る。

怖かった……。

人との会話は慣れない。適切な距離って難しい。頭がぐるぐるする。

「あ、望月じゃん！」

「ひっ……！」

僕は思わず情けない悲鳴を上げてしまった。

川崎君から逃げたと思ったら、次は樋口さんと出くわしてしまうとは。

「……なんか顔青いけど、大丈夫？　保健室行く？」

「だ、大丈夫、です」

上擦った声で、視線をさまよわせながら返す。

その際に自然と、ある所へ目がいってしまう。

「……あんさ、ウチの胸、見てない？」

胸を腕で隠し、目を細めている。見るからに嫌そうな顔だ。

「み、見てない見てない！　見てないです！」

ぶんぶんと首を横に振る。樋口さんはあからさまに「よかった」という表情で腕を下ろした。そして安心したのか伸びをして——。

「——こんな所でする話じゃないんだけどさ」

僕の首に腕を回すと、口の横に手を当て耳元で、こそりと囁いてきた。何、コレ。

「ウチさぁ、胸大きいの、コンプレックスなんだ。男共がさ、そういう目で見てくるのって、意外と分かるもんなんだよ？」

「そ、そうなんです、ね」

「ウチはこんな男っぽい性格だからさ。昔と変わらず、男子とも気軽に接したいんだけどね」

「げ、限度や節度は、必要かと」

「分かってるよ。男子と話してる方が楽だからって普通にしてたら、女子からメッチャ嫌われるのもね。夏葵だけは気軽に接してくれるから、本当にありがたいんだけどさ……」

彫像《ちょうぞう》のように固まっている僕の首から、樋口さんは腕をのけた。

やっと……解放された。

「だから望月が、もし夏葵を悲しませるならさ、ウチは絶対に許せない。特別な男をつくらなかった夏葵が、望月にだけは特別興味を示してる。正直、心配なんだよね」

「だ、大丈夫、です。僕は特別なんかじゃないんで！　し、失礼します！」

早口で言い切って逃げる。

いきなり肩を組んで耳元で話すなんて、男女として有り得ない。

あ、でも樋口さんは女として見ないでほしいのか。いや、無理だって。

どこか、どこか安心できる場所はないのかな。

「男子トイレだ……！」

男子トイレの個室なら、一人になれる空間だ。

僕が早足に廊下を歩くと──。

「──あ、望月君じゃん！　おーい、どこ行くの？」

「トイレだよ。もう勘弁して！」

日向さんに声をかけられた。

でも僕は、目を合わせることもなく、男子トイレの個室へと駆け込んだ。

「僕の日常が、壊されていく……」

思わず頭を抱えてしまう。

僕はこうして、三人から逃げ続ける毎日を過ごしている。

誰の心残りにもなりたくないから、今さら深入りしてはいけない。適度な距離感が分からないで迷惑をかける可能性があるなら、いっそ近づくべきじゃない。

そう言い訳をして、僕は〝独り〟という守られた殻にこもろうと逃げ続けている。

自分が情けないけど、急な変化についていけない。

そうこうしているうちに、三年生の卒業式が終わった。

僕には迎えられないであろう、高校の卒業式だ。

延々と合唱を歌い続けて全卒業生を会場に迎え、式で泣いている先輩たちを拍手で見送る。何とも言えない気持ちだ。

やがて春休みになった。梅の花は、とうに散り、もう桜の開花が間近に迫っている。

次はいつどこで、どんな写真を撮ろうか。

せっかく日向さんが作ってくれたSNSだけど、今のところは反応が一切ない。

どうせ反応がないならと気が向き次第ガンガン投稿してる。慣れとは怖いものだ。

「結局、僕が撮る写真みたいなのは、ネットに溢れてるんだろうな……」

僕には誰の心を動かす写真も撮れない。写真へ一途《いちず》に生きた意味すら残せないんだろうなぁ。まぁ、努力が必ずしも報われるとは限らないか。

そんな暗い気持ちで写真を見返しながら反省点や改善案をノートに書き、気がつけば夜になっていた。

そんな時、学習机の上にあるスマホの通知音が鳴った。

「……メッセージ？」

親は今、一階にいる。メッセージが来るとすれば……春休みになってからは連絡を取っていなかった、彼女ぐらいか？

立ち上がり、学習机の上に置いていたスマホを手に取る。

通知画面に日向夏葵と表示されたメッセージの内容を確認すると——。

『蔵造りの町並みって、見に行ったことある？』

というものだった。

蔵造りの町並みとは、僕たちの住んでいる川越の観光名所だ。

レトロで、小江戸《こえど》川越と呼ばれる江戸情緒の面影を今に伝える、歴史の香り漂う通りだ。でも人が苦手な僕には正直言って、地獄の通りだ。

何しろ、人と当たるか車と当たるか選べという程に、混み合っているんだから。

『あるけど、人でごった返していて、全く綺麗だとは思わなかったよ』

『あー、日中はせっかくの町並みなのに、人の身長より高い部分しか見えないよね』

『そうだね』

それこそ、僕が写真を撮りに行かない理由だ。

『夜の町並みは見たことある？』

『ないよ』

『それでは問題です！　私は今、どこにいるでしょう？』

嫌な予感がした。

思わず動きを止め、壁かけ時計を見る。時刻は午後十時をとうに過ぎている。

いや、いくら何でも、女の子が一人で外にいる時間じゃない。

仮に彼女が蔵造りの町並みにいるとしても、だ。きっと友達といるんだろう。

そう思い直して、返事を書き出すが——。

『時間切れ！　正解は蔵造りの町並みに、一人ぼっちでいるよ！』

その文章に、動かしていた親指をピタリと止めた。

何て返そう。危ないから早く帰りなさい、かな。いや、同級生に対して上から目線すぎるかもしれない。悶々《もんもん》としていると、さらにぽんと通知が鳴る。

『川越駅方面側の入口にいるから、早く来てね！　一応だけど、美術館の方だよ？』

最悪だ。

この子は、僕の平和で静かな未来を壊すのを、愉《たの》しんでいるんじゃないか？

思わず、頭を掻いてしまう。

『無理、親の許可が出ない。夜は危ないよ。日向さんの親も心配するだろうから、早く帰ろうね』

『大丈夫、うちの親にも望月君の親にも、許可は取ってあるから！』

本当に、行動が早いな。

そのメッセージの後に、親とのメッセージ画面をスクリーンショットした写真が届いた。

間違いなく、うちの親のアカウントだ。

二人は親しげに世間話までしていた。どれだけ仲良くなってるんだよ。

『さあ、逃げ道はないよ』

『危険だって言ってる夜の町に女の子を一人で待たせておくのは、どうなんだろうね？』

「ああ、もう。仕方ないな！」

ポンポンと追撃するようなメッセージに、思わず声が出てしまう。

『十五分で行く。明るくて、人の目がある所にいて』

頭を掻きむしりながら、手早く返事を送った。

クローゼットを開け、目についた適当な外着を引っ張り出し、着替えを済ませる。

財布と電動自転車の鍵《かぎ》を机の引き出しから取り出すと、早足で部屋を出る。

階段を下りながら「いってきます」と母さんへ告げると、嬉しそうに「気をつけていってらっしゃい」と応えてくれた。

靴を履きながら思う。母さんは僕に友達ができたと思って、喜んでるんだろうな。

大切に使っている自転車にまたがり、まだ肌寒い三月下旬の夜の街を走りながら

「ごめんね、母さん。あれは友達じゃないんだ」と呟く。

線路を越え、息切れしながら、「日向さんは、ただの天敵だよ」と絞り出す。

そう。彼女は僕の平穏で、誰の心にも残らない最期を壊したがる存在だ――。


「――あ、来たね。身体、大丈夫？」

「……そう、思うならさ。急に、脅すような呼び出しはやめてよ」

「え？　じゃあ普通に待ち合わせしたら、来てくれたの？」

「絶対、行かないよ」

自転車に寄りかかり、伏せていた目線を上げる。

「でしょ？　だからだよ」

目の前には、少し前屈《まえかが》みになり満面の笑みを浮かべる日向さんがいた。

ほんのりと明るい夜の街灯に照らされてるせいか、いつもよりさらに美人に見えて
少し胸が、どきっとした。一瞬、不整脈《ふせいみゃく》かと思った。

「ほら、そんな下ばっかり向いてないでさ。前を見ようよ！」

「何を、そんな興奮して――……」

日向さんの後ろに広がる町並みを目にして、言葉を失った。

誰もいない、近代と江戸情緒溢れるレトロな町並みが、視界一杯に広がっている。

昼だと、ごった返す人で見えない壁。等間隔に設置されたほの明るい暖色の街灯。静かで穏やかな空気が、僕を包み込んでくれる。

ああ……。街中なのに、空気が美味《おい》しい。木材の香りが堪らない。街灯が心まで優しく照らすような安心感をくれる。

何て居心地が良くて、胸を打たれる美しい景観なんだろう。

「こんな、町並みだったのか……」

「どう、全然違うでしょ。感動した？」

「……うん」

まるで時代の移り変わりの最中《さなか》にいるような。そんな錯覚さえも覚えた。

あまりに美しい光景に、思わずスマホを取り出してカメラを起動してしまう。

レンズ越しに建物と光の配置を考えて、被写体のピントを調整し、撮影ボタンを押した。

夜景に合わせ、構図も調整してみようか。

うん。江戸時代の面影を残す町家に、わざとレトロ感ある街灯や郵便ポストを紛れ込ませた写真も、いいな。撮影の手が止められない。

ああ。夜闇の中、街灯に照らされる瓦屋根《かわらやね》や暖簾《のれん》、綺麗なレンガの、時代が溶け合う感じ。これも、本当に堪らない。

撮れた写真を見返し、思わず顔が綻んだ。

「ね、せっかくだからさ。ちょっと散歩しようよ」

日向さんは、斜め横から、ひょこっと嬉しそうな笑顔を僕に向けてきた。

散歩か。確かにこの綺麗な町並みを歩けるのは、楽しいかもしれない。

また美しい風景写真が撮れるかも、と。僕の心が躍った。

「……自転車停めてくるから、ちょっと待ってて」

「ほい、りょうか〜い！」

誰も通らない県道ではしゃぐ日向さんを横目に、僕は自転車を停めに行った。

早くもっと綺麗な景色を撮りたい、とワクワクしながら。——息切れなんて、いつの間にか忘れていた。

「別世界に、いるみたいだ……」

「ね！　昼とは全く別の顔だよね？」

道を歩きながら、ついつい呟いてしまう。

飲食店も江戸情緒を意識した木造建築の外観をしている。

これは確かに、浴衣や着物を着て歩きたくなるかもしれない。

「あ、時《とき》の鐘《かね》がライトアップされてるよ！」

「……こんな風に、なるんだ」

『時の鐘』とは、江戸の街に鐘の音で時間を伝えていた歴史的文化財だ。駅の前から宣伝されている割に、凄く小さい寺みたいだな、と。昼に来た時には、正直がっかりしていた。

でも、こうして夜にライトアップされた高い鐘楼《しょうろう》を見ると――壮観だ。

上手く奥の道に広がる木造建築をレンズに収めて、また写真を撮る。

「望月君、嬉しそうだね」

「……そう見える？」

「うん、だって――笑ってるもん。初めて見たなぁ。望月君の笑顔！」

「……え？」

僕は、笑ってるのか？

思わず手を頬に当てて確認する。確かに、心なしか口角が上がってるような……。

さっきから写真を撮るのが楽しくて――笑ってるかまでは気づかなかった。

でも、その楽しさが表情に出ていたのか。

つくり笑いじゃなく自然と笑ったのなんて、いつ以来だろう。……あれ、もしかして、物心ついた後、僕が心から笑ったことなんて――過去、風景写真と出会った時だけしかなかったのかも？

「ね！　ちょっとさ、そこのベンチで休憩しようよ！」

くいくい、と引っ張られた。

ハッと目を向けると、日向さんが片手でちょこんと、僕の服の袖《そで》を掴んでいる。

反対の手では、お店前にある木造ベンチを指さしていた。

「私ね、あのお店の常連なんだ。あそこに座って食べるお菓子、美味しいんだよ」

「……勝手に座って、大丈夫なの？」

「大丈夫でしょ。店長さんとも知り合いだし！」

コミュニケーションお化けめ、とは思いながらも、確かに街を歩き回って足も疲れている。

彼女に引かれるがまま、僕たちはベンチに座った。

「……座った姿勢で見ると、夜空も綺麗だ。角度によって、こんなにも変わるんだ」

座って見る町並みは、また違った風情を感じた。

思わず写真を撮ってしまう。美しい写真だ。

そこで、あ……と気がつく。

人といるのにスマホばかり触っているのは失礼だった、と日向さんの方を見ると――。

「――ん？　どうかした？」

全く気にした様子がなく、こちらを見つめて微笑んでいた。

「いや、スマホばっかり触ってて、失礼だったなって。ちょっと反省を……」

「反省してるの？　そんなしょんぼりして、望月君は可愛いなぁ」

「……からかわないでよ」

　ぷにぷにと頬を突いてくる指を、払いのける。

　彼女は、人との距離感が狂っている。普通なら近づかれて不愉快と思う距離でも土足で踏み込んでくるのに、なぜだか逆に安心してしまうのはズルい。

「ね……。さっきさ、私が突然呼び出して、十五分後にこんな綺麗な景色が見られるって未来、想像してた？」

「……全然、してなかった」

「私たちが会った初日にさ、未来を見ても仕方ないって望月君……怒ったじゃん？」

　僕は思わず、目を剥《む》いて驚いた。

「日向さん、覚えてたんだ。……てっきり、忘れてるのかと」

「私を何だと思ってるのかな？　もしかして、アホだと思ってる？」

　ちょっと、いじけた顔で言う日向さんの視線に耐えられない。

　思わず顔を逸《そ》らしてしまう。

「そうだったら、僕にとっては都合よかったなって」

　だって、何があろうと翌日には忘れてくれるなら――どんな接し方をしても、その人の心残りにならない。

つまり突然いなくなっても、その人の迷惑にならないから。

「何それ？　ちょっと、ひどいなぁ。──望月君は正直さ、私のこと嫌だな〜って、思ってるでしょ？」

「……正確には、天敵、かな」

「え、そこまで⁉」

がびーんと聞こえてきそうな顔で、ショックを受けている。

本当に顔、そして身体全体で感情を表現する子だな。

「ま、まぁ。でもね？　そんだけ嫌いな相手ならさ、別に一緒にいても、よくない？　だって望月君が最期を迎えた時、もし私が悲しんだとしてもさ、正直どうでもいい相手でしょ？」

「……まぁ、確かに。でもさすがに、そこまで心を鬼にはできないけどね」

僕は迷惑をかけたくないから、誰かの心残りになりたくない。

それと同時に、誰かを心残りにして死にたくない。

天敵とも呼べるぐらい苦手な彼女なら本当に心残りにならないのか、という疑問。

そして、もう独りでいなくてもいいんだ、という甘い誘惑がせめぎ合う。

「──せっかくどうでもいい相手なんだからさ。私と未来を見て、旅をしようよ」

「え……」

「また、こういう景色を撮る旅をさ。心臓の調子を見て、少しずつ遠い場所に、ね」

「…………」

以前の僕だったら、すぐに怒っていただろう。

でも僕は、実体験として知ってしまったんだ。

「あはは、格好つけ過ぎなセリフかな？　でも、ね。ちょっと恥ずかしいけど……これ、マジだよ」

どんな景色が待っているのかと未来を見るのは、こんなにも楽しいのかって。

「それにさ、私が言った『深みのある解像度』の答え――探してほしいんだ」

そうだ。その問いにさえ、僕はまだ答えを出していない。

このまま答えを知らずに寿命を迎えるのは、心残りになるかもしれない。

何で日向さんは、僕みたいに陰気なキャラへ関わってくるんだろう。

命を救われた経験というのは、こんなにも人をお節介にするものなのかな。

「一つ聞かせてほしい。僕みたいな嫌なヤツに関わるのは、命を救った他にも、何か理由がある？」

「……バレてたか～。うん、実はあるよ」

「その理由って？」

「まだ秘密かな～。こんな私にも、秘密にしておきたいことぐらい、あるんだよ？」

夜の暗いレトロな町並みを背景に、含むような笑みを浮かべる日向さんは、少し不気味だ。

いずれにせよ、純粋な友情ではなく、彼女にも目的があるってことか。

それなら、丁度《ちょうど》いいのかもしれない。

いい写真を撮ることに関して、彼女は僕が知っている以外の知識を持っている。

こんな綺麗な町並みの風情がある写真、僕では思いつかなかった。

もしかしたら彼女と旅をすれば、それが見つかるかもしれない。

心臓だって、子供の頃とは違う。

今は比較的、落ち着いていることもある。

それなら――。

「――うん、大丈夫」

「そっかぁ～……。やっぱり、ダメかぁ」

「あ、そっちの大丈夫じゃなくて。旅に行くのが大丈夫だよ。いいよって、こと」

「えっ！　ほ、本当っ!?」

苦笑していた顔が一転。

キラキラと輝く満面の笑みをズイッと僕に近づけてきた。

紛らわしい言い方をしたのは僕が悪かったけど、そんな顔を近づけられると困る！

こっちは、女の子に免疫《めんえき》がないんだから！

「ち、近いってば！　でも、必ず互いに親の許可を得ること。あと心臓の検査とかもあるし、月に一回どこかの週末でって感じでも、いいなら……」

「ん～、分かった。前向きに善処《ぜんしょ》することを、検討するよ！」

そう言ってベンチから立ち上がり、彼女はこちらへ目線を向ける。

夜の江戸情緒溢れる町を背景に、心から笑う日向さんが、本当に綺麗で……。

「ね、私にも今日撮った写真ちょうだいよ！」

「あ、ああ、うん」

見とれていた僕は、ふわふわする感覚の中でスマホを操作してメッセージアプリを開き、目の前にいる相手へ写真を送っていく。

江戸情緒と現代が混ざり合った、美しい写真たちをポンポン、と。

改めてディスプレイに映る日向夏葵という名前を眺め、僕は心から思ってしまう。

「日向さんは、明るくて快活で。いつも人の方を見て、花のように笑って。夏に大輪の花を咲かす、向日葵みたいだ」

「……え」

スマホを見ていた日向さんは、キョトンとした顔で僕を見る。

「僕から見た日向さんは、街中に咲く、向日葵に見えるって、話だよ」

本当に、名は体を表していると思う。

僕の耀治という名に関しては、名前負けしているけど。

素直な僕の言葉を聞いた後、日向さんは俯《うつむ》きながら手遊びを始めた。

街灯に照らされる彼女の頬が、赤みがかったように見える。

「あの……向日葵の花言葉とか、知ってて言ってる？」

「は？　……知らない、けど」

「だと思ったけど！　けど、そういうキザなセリフを言う時はさ～！　ちゃんと、意味を考えなさい！」

日向さんは、ぺしっと軽い力で僕の額を叩《たた》いてきた。

「もう、今日は解散！　旅のことは、また連絡するから。またね！」

「あ……」

送っていくと言いたかった。

でも、そんな隙を与えないぐらい素早く彼女は走り去ってしまった。

それ程おかしなことを言ったかな。向日葵みたいだなって言っただけなんだけど。

置き去りにしていた自転車で帰りながら、日向さんの様子がおかしくなった原因を考えるけど、答えは出なかった。

家に着いて、すぐシャワーを浴びた後、濡れた髪をタオルで拭きながら、片手でスマホを操作し向日葵について調べていく。

「そういえば、花言葉とか言ってたっけ？」

ディスプレイに映る向日葵の花言葉を見て、僕は固まってしまった。

表示されたのは──『憧れ、あなただけを見つめる』。

僕は自分の言った言葉が、いかに曲解されて日向さんへ伝わったのかと考え──悶《もだ》えた。

なんて恥ずかしいことを……！

フローリングに頭を擦りつけ「ぬぅぁああ……」と呻ってしまう。

両サイドからタオルを顔に押しつけ強く擦るけど恥ずかしさはどうにもならない。

どんな顔をして日向さんと旅をしろっていうの、やっぱり一緒に旅なんてやめようかな。

ああ、でも、約束しちゃったしなぁ……。

母さんが声をかけてくれるまで、僕は一人で悶え続けた──。

二章　人も歩けば、殻にぶち当たる

過ごしやすくも短すぎる、春休み最後の土曜日。時刻は朝の十時だ。

オシャレな格好で駅へ来た日向さん。

それと対極的に鞄《かばん》一つ持たないラフな格好の僕は、川越駅を出る電車に座った。

「望月君、早く着くといいね！　水着はどこ？　もしかして中に着てるのかな？」

電車の窓から外に視線を向け、興奮気味に話しかけてくる。

上は白い長袖シャツにゆったりした黒いニットベスト、下は膝丈《ひざたけ》の白いケーブルの入ったスカートという綺麗な服装だ。

黒ソックスの上に履いたヒールは歩きにくくないのかな。

海を意識したのか、肩かけのかごバッグを斜めがけしてポンポン叩いている。

まさか、泳ぐ気で用意してきたのか？

「着てるわけがないでしょ。この旅に必要なのは、撮影に使うスマホだけだよ」

「もう、真面目だなぁ。望月君ってさ、デパートとかで目的の場所しか見ないタイプでしょ？　色んなとこを見たり体験したりするのがいいんじゃん！」

何だか話を大きくされている気がする。

確かに、僕は買い物に出かけても最短のルートで済ませて帰るタイプだけどさ。

「知らないよ。そもそも僕は海に入れないし。というか四月の海は遊泳禁止でしょ」

「熱海《あたみ》なんだから、温泉とかも有名なんじゃない？　水着で混浴、しちゃう？」

「結構です。というか無理。新幹線なしで日帰りだし、温泉は時間的に難しいんじゃないかな？」

「川越から電車で三時間半か〜。帰りの時間を考えると、ギリギリだね」

話し合いの結果、毎月のお小遣いで行ける範囲で、だいたい月に一回。

土日祝の連休どれかで旅をしようと決まった。

だから僕たちは、予算的に新幹線のように高額な移動手段は使えない。

基本は電車とバスで移動だ。

第一回目の撮影旅は、静岡県の熱海へと行くことになった。

「あ〜、お尻痛かった……」

「座ってる時間が長かったからね」

「でも電車から見えた海、綺麗だったね！　ね、早く海に行こうよ！」

「待ってよ。坂が急なんだから、走ると心臓が」

熱海駅を降りた僕たちは、駅前のお土産《みやげ》通りを横目に坂を下り、海を目指す。

「それは仕方ないね。よし、ゆっくり急ごう！」

下り坂でも、意外にキツい。帰りは上り坂だと考えると頭がクラクラしてくる。

観光地のガイド本って、こういうしんどいことは書いてくれないよね……。

「──見て、凄い綺麗！　広い海だよ！」

坂を下り切って住宅地を抜けると――一面の水平線が広がっていた。

どこまで見渡しても、太陽を反射する青い海。ざざぁ、ぽちゃと鳴る波打ち際。潮の香りと、四月の過ごしやすい陽気。

昇り切った太陽は、これから徐々に沈んでいくんだろう。

被写体として完璧だと思った。

「完璧だ。撮影場所を探さなきゃ」

「もう、もっと感動してよ！　海だよ、埼玉県にいたら絶対見られないんだよ？」

日向さんのはしゃぎっぷりが凄い。

艶やかなロングの髪を靡《なび》かせ、腕を一杯に広げて潮風を受け止めている。

「晴れ渡る青い空、青い海に、肌を撫でていく潮風。凄いなぁ……。他の季節だったり、雨だったらまた変わるのかな？」

「どうなんだろうね。でも、よかった。海水浴シーズンとはズレてるから、観光客もそんないないし」

「そう、だね」

一瞬、日向さんの表情が曇った気がした。でも今の僕は、スマホを構えて撮影に忙しい。気のせいかもしれない天敵の表情変化なんかで、動きは止められない。

「浜辺とかも撮りたいな」

「うん、いいね。行こう行こう！」

浜辺へ行くためには陸橋を渡らなければならない。

　でも実際に歩くと階段が結構、キツい。汗ばむし、呼吸が辛い。

一瞬、下りてすぐのコンビニ前にあるベンチで休憩したくなった。

でも、日向さんは僕と違って元気だ。一気に走って砂浜まで下りていく。

「誰もいない。私たちで独り占めだね！」

季節が夏なら人がいたはずだ。この時期でよかった。僕の風景写真に、人は邪魔だ。

「二人で来てるから、それを言うなら独占じゃない？」

「細かいよ！　よし、海だ海！」

靴下を脱いで裸足《はだし》で海まで走ろうとするが、すぐにやめた。日向さんはヒョコヒョコと何かを避けるように進んでいき、こちらを振り向いた。

「望月君、砂浜にゴミが多くて痛い！」

近づいて砂浜をよく見れば箸《はし》やビニール、プラスチックの欠片《かけら》などが散乱していた。

「海辺だから、波に運ばれてきたんだろうね」

「冷静に見てないで、助けてよ！」

「無茶言わないでよ。怪我《けが》しないように気をつけてね」

僕の声が聞こえていたのかは分からない。

日向さんは、もう海面に足を突っ込んでいた。

季節外れの波を膝まで浴びた日向さんは「冷たい！」と叫んですぐに帰ってきた。

息を切らせて、楽しそうだ。

「すっごい冷たかった！　あと、足の裏が砂だらけ！」

「四月の海だしね。そのままじゃ靴下履けないんじゃない？」

「あ〜、本当だね。どうしよ、コンビニのベンチ借りて砂落としてこようかな」

「それがいいよ。僕はこの辺で撮影してるから」

ここまで来れば、別に撮影は一人でもできる。

日向さんに風邪を引かれたら罪悪感もあるし、そうしてほしい。

「分かった。じゃあ、私はついでに散歩してくるね。望月さん、お飲み物買ってきます！」

「パシリに使うつもりとか、ないんだけど。そんな頭をペコペコしないでよ。お金も払うし」

テンションが上がっているのか、嫌な先輩にごまを摩《す》るキャラを演じる日向さん。

日向さんは僕に「楽しんでいこうね」と快活に笑いかけ、裸足でコンビニへ向かい始めた。

「……本当、元気な人だな」

背を眺めがらボソリと声が漏れるが、すぐに視線を移した。今は彼女より風景だ。

大きな海に山々など、被写体が沢山ある。

ここでしか撮れない綺麗な景色を、僕は心いくまで撮りたい。

「浜を越えた先にある白いホテル、そして山。いいね、いい写真だ」

浜辺を歩きながら遠くまで眺めて構図を決め、写真を撮っていく。

そして沖に目線を向ける。

「吹き上がる波のしぶき……。これも絵になるな」

海上に顔を出す頼もしい離岸堤《りがんてい》に強い波がぶつかり、沖へ戻ろうとする波の威力を受け止める。波のしぶきが雪のように空を舞い踊り、落ちる。その様はまるで、スノーボードハーフパイプを滑る選手のようだ。芸術的な姿がとても絵になる。

これは、すばらしい風景だ。

そうして日が傾いていく。

太陽の動きがよく見える。これも水平線まで見渡せる海岸ならではかな。

砂浜からの写真はだいぶ撮り尽くしたと思う。

「……あそこからも撮ってみるか」

防波堤が目に入った。より高い所からの構図というのも、いいだろう。

遮《さえぎ》る物がない太陽光を吸収したコンクリート製の防波堤に登る。立ち上る水しぶきと潮風が肌につき、ぬるくべたつかせた。

浜を見ると、いつの間にかコンビニから日向さんが帰ってきていた。

海辺に足跡を残しては波に消されていく、その背が目に映る。

誰もいない夕暮れの浜を、後ろ手を組みながら歩く姿はどこか寂しそうで。それが絵になっていて――僕は思わず、撮影ボタンを押してしまった。

「……人を撮ったのなんて、初めてだな」

ディスプレイに映る写真を見て、しみじみと考えた。僕の写真フォルダに人が入り込む日がくるなんて、と。だけど風景写真に、人が紛《まぎ》れてもいいのかな。

色々と考えていると、こちらに気がついた日向さんが、僕のいる防波堤まで駆け寄ってきた。

「ちょっとぶりだね。はい、これ。ぬるくなったけど、許してね？」

斜めがけしたかごバッグからペットボトルに入ったジュースを取り出し、手渡してくれた。

日向さんが買ってきてくれたペットボトルを受け取り、失礼だとは思うけどラベルの成分表示を見てしまう。これはもう、クセというより習慣だ。

「どうしたの？」

「いや、ごめん。……僕、心臓の関係で塩分制限とかあるから」

「あ、ごめん！　気がつかなくて……買い直してこよっか？」

「だ、大丈夫だよ！　見た感じ制限は超えてないし、汗で塩分も出てるからね。これぐらいが丁度いいよ」

慌《あわ》ててキャップを開け、中身に口をつける。

「今もしかして、私に気を遣った？　優しいね！」

思わず、噴き出しそうになった。むせ込むのを耐えるのが苦しくて視界が潤む。

何てことを言うんだ。僕が優しいわけがないじゃないかと抗議の視線を向ける。

日向さんは首を傾げながらニヤニヤと上目遣いをして僕の顔を覗き込んでいた。

悪い表情だ。

「意地悪……」

「照れてるんだ？　可愛いねぇ」

はしゃぐ日向さんに、何も言う気が起きなかった。……まぁ、何を言っても勝てなそうだし。

「どう？　初めての遠出……。心臓、辛くない？」

今度は不安げに眉を下げた。表情をコロコロと変える人だな。

まだ心臓は悲鳴をあげていない。でも、遠出自体がほぼ初めてだから、限界は分からない。もし突然、この場で限界がきたら……そうなったら、日向さんの心に笑えない傷をつけるかもしれない。

「平気だよ。でも海で泳げないと、やることもないよね。写真も一通り撮ったし、今日は早めに帰ろうか」

「あ、また気を遣ったでしょ。多分、言葉数が多くなって早口だもん。そういうクセあるよ」

自分じゃ分からない。多分、日向さんの勘違いだと思う。

「視線さまよわせちゃって。ほんっと可愛いねぇ。そんじゃ、駅前のお土産だけチェックして帰ろう！」

僕の袖口をつまんで軽く引く。それが、彼女の気遣いなんだとやっと気がついた。だって日向さんは、普段元気に駆け回ってばかりなのに、僕の袖口を引く手は凄く弱い。導かれるまま、駅までの道を一緒に歩くことにした。

あんまり好意的な感情移入はしないようにしないと。

日向さんのことが、心残りになっちゃう。

「医者はさ、軽めの運動はすべきだって言うけど……。どこまでが軽い運動のラインなんだろうね。多分、今日ぐらいなら問題ないんだけど」

ぼそりと言ったのは、今後も一緒に旅をする予定な日向さんの心に、消えない傷をつけないためだ。そうすれば何かあっても、運命だって分かるだろうから。

もしも消えない傷をつけたら、安らかに旅立てない。

つまりこれは、最終的には僕のためだ。

「そっか、安心したよ。——あ、アーケード街に入ったよ！　凄い、色んなお土産屋さんがある！」

いつの間にか駅前まで来ていたらしい。観光客でガヤつく商店街には特産品が沢山並んでいて、自分が観光地に来たんだって再認識できた。

「うわぁ、見て。エビがそのまんまの姿でおせんべいに入ってる！」

エビの身を練《ね》るんじゃなく、エビの姿がプレスされて焼かれたせんべいだ。

日向さんは凄く楽しそうな表情で「どうやって作ってるのか」と店員さんと会話を始めた。

僕は会話に入れず、居心地悪く視線をさまよわせ——。

「あ……美味しそう」

一つの看板を見て思わず呟いてしまった。

「あのジェラート？　うわぁ、アイスの中に桜エビの身が入ってるんだって、美味しそう！　買う？」

「……でも塩分制限あるから。こういうお菓子とか、買ったことなくて。というか、外食もほとんどしたことなくて」

幼い頃から成分表示が確認できないものは食べられなかった。前はもっと塩分や水分にも厳しかったし。

だからどんなに美味しそうだなと思っても、僕にはテレビや雑誌に映っているものと同じに見えた。

味を想像するだけ。絶対に、自分の身体では食べられないものだから。

「ん～、そっか。なら、店員さんに塩分がどんぐらいか聞いてくるよ！」

止める間もなく日向さんは店員さんに声をかけに行った。

店先の店員さんも少し困ったのか、偉い人がやって来て説明してくれていた。

本当に彼女は、行動力とコミュニケーションのお化けだな。

お礼を言ってるのか、ぺこりとお辞儀する日向さんに合わせ僕も軽く頭を下げる。

「一個に入ってる塩分量、教えてもらえたよ！」

聞いてきてくれた塩分量を聞いて、やっぱりかと気持ちが落ち込んだ。

「それだと、一個全部を食べ切るのは、さすがにダメかな……」

悲しそうな表情を浮かべる日向さんに申し訳なくなる。夜や明日の塩分量を調整しても、明らかに多くなってしまう。本当に僕の身体は人を悲しませてばかりだ……。

でも、彼女は何か閃いたのか。ぱっと花が咲いたような笑顔で走っていき、一個のジェラートを買ってきた。

「――はい、一口！　これぐらいなら、いけるんでしょ？」

スプーンでジェラートをすくい、僕の口に向けてくる。

一口……それは考えてなかった。確かに、これぐらいの量なら問題ない。

でも問題は、別にある。

「あ、あの、行儀《ぎょうぎ》が、自分で」

「ここの通り、お祭りみたいに買い食いして歩く人が多いみたいよ？」

「いや、そうじゃなくて、その」

「ん？」

これはカップルとかがやってる、あーんってやつだ。

日向さんはニヤニヤと意地の悪い表情をしてる。女の子に食べさせてもらうのが恥ずかしいのかって、挑発されている気分だ。今日一日、からかわれっぱなしだ。

何だか悔しい……。いいよ、やってやろうじゃないか。

「――いただきます」

半ばやけくそで、差し出されたスプーンを口に含む。

そして、口の中であっという間に溶けていくジェラートに驚く。

「おい、しい……！」

冷たさが溶けて、すぐに感じるミルクの淡い甘さ。その後にくる程よい塩気、そして桜エビの身の食感と旨味《うまみ》が口に広がっていく。

何だ、これ。身体が心地良くなって、力が抜けていく。

自宅や病院での食事とは比べ物にならない、未知の感覚……。味噌《みそ》汁なのに味噌が
なく、野菜が入ったお湯のような食事とは、全く違う。味が、ある。

「ん～、最っ高！　ミルクと桜エビって合うね、美味しい！」

ハッと我に返ると、隣でホクホクとした笑みを浮かべ感動している人がいた。とい
うか、そのスプーンって、さっき僕が口をつけたやつじゃないのかな？

そう考えると、もうダメだった。急に顔も見られなくなって、顔が熱くなった。

「あ、照れてるのかな？」

「違うよ！」

「むきになっちゃって。それで、初めての買い食いはどうだった？」

「……こんなに美味しいものなんだって、知らなかった」

悔しい思いで返答した僕の声に「そっか、よかった」と微笑んだ。またからかわれ
るのかな。日向さんは無邪気な可愛い顔をして、意地が悪いし。

でも、予想とは違った。軽く微笑む日向さんの瞳は、笑っていない。

「知らなかったものを知った時の凄い情報量ってさ。なんか、感慨《かんがい》深くない？　いい
意味でも、悪い意味でもさ」

悪い意味なんか、あるのかな。僕は今、知らなかった味という情報に凄まじく感動

してる。文字通り、喜びを噛《か》みしめているんだけど。

「そろそろ電車が来る時間だよね。駅、行こうよ！」

「あ、うん……」

「名残惜《なごりお》しそうだね」

「……初めて旅をしたんだから、仕方ないでしょ？」

名残惜しい、なんだろうか？

この胸を包む、寂しさにも切なさにも似た感情は……一体、何なんだろう。

「あ、なるほど、なるほど。ツーショット写真、記念に撮ろうか⁉」

「それは絶対に嫌だ。自分を写真に残さない。記憶みたいに薄れて消えないで、形に残るものは絶対に嫌だ」

「もう、意地っ張りだなぁ」

そんな会話をしつつ、僕たちは駅を目指した。

少しだけ暗くなりかけた場が、一瞬で明るくなった。彼女はガラッと場の空気を変える力がある。

やっぱり日向さんは、輝くように元気な存在感がある、向日葵みたいだ。また曲解されるから口には出さないけど。

僕は、そんなことを思いながら帰りの電車へと乗った。

向かう時より、いくらか静かに感じる帰りの車内。

原因は、隣に座っている日向さんも眠そうだからだろう。

無限に跳ね回れるわけじゃないんだな。

僕も少し、疲れているみたいだ。座ったら、疲れと眠気がどっと襲ってきた。

それでも電子書籍で買った写真撮影の技術書を読んでいると――。

「ね、今日も写真を一杯撮ったんだよね？　見せてよ」

「ん、いいよ」

寝ぼけ眼《まなこ》のまま、肩が触れるぐらい近くに座る彼女へスマホを渡す。日向さんも眠そうに写真フォルダをスライドしていくが――その指が、ピタリと止まった。

「どうしたの？　――ぁ」

ディスプレイに映る写真を目にして、眠気が吹き飛んだ。

思わず背筋が伸びて血の気が引く。

「隠し撮りは、犯罪だよ？」

「いや、ちがっ……これは、あの」

海辺を歩く、女性の写真。後ろ姿だろうと、誰か分かる。白いシャツに黒ベスト、風でふわっと靡く白いスカート――どう見ても、日向さんだ。

「よく撮れてる。……他の写真も、本当に綺麗。それで、答えは見つかったかな？

答えによっては、盗撮も許すよ」

　思い出した。彼女が出した問い、『深みのある解像度』の答えか。

　今回、初めてよく撮れてるって言ってくれた。

　それなら、もしかしたら、もしかして──。

「もしかして、さ。僕の写真は風景ばかりで、そこにいるべき人が映ってないから解像度が低い、とか？」

　回答を聞き、ゆっくり首を傾げながら、頬を緩ませた。

　あ、これは違う反応だなと分かった。

「う〜ん。それは、十点ぐらいだね。その答えじゃ、許せないかな？」

「……じゃあ、どうしたら許してくれるの？」

　少し考え、ニカッと笑いながら顔を覗き込んできた。

　もの凄く、嫌な予感がする。

「私を名前で呼んでくれたら、許す。あだ名とかでもいいよ。私も望月君のこと、これから耀《よう》君って呼ぶからさ」

　とんでもないことを言ってきた。「そ……」思わず大声が出そうになるのを慌てて止めた。電車内で大声は出せない。周りの迷惑にならないよう抗議するしかない。

「そ、それは無理だって……！」

自分で思っていた以上に、声が震えていた。

またしても日向さんに弱味を見せてしまった……。イジられる。

「挑戦してないうちから諦めるの？　耀君が無理とか言ってた旅も、挑戦したらできたじゃん。せめて挑戦はしないと、許さないよ。――っていうか、逃がさないよ？」

面白いおもちゃを見つけたような顔を向けないで。

早速の耀君呼びも、やめて。ああもう、手玉に取られてる！

魔性《ましょう》の女ってあだ名を言えば許してくれないかな。ダメだろうな。無視したい。でも隠し撮りしちゃったし、ジェラートの味も教えてもらったし。――ああ、もう！

「な……。なつ……」

日向さんは期待の眼差しで、ジッと僕の瞳を捉えてくる。

日向夏葵、ひなたなつき……。

『なつき』

そう言うだけなんだ。それだけだ、たった三文字。それだけだ。

「な、なつ……」

「なつ……？」

彼女の目がキラキラと輝いている。

「なつ……」

ダメだ見ないで、恥ずかしすぎて逃げたい！

「ごめん、やっぱ無理！　挑戦はしたけど無理だったから、もう許してください！」

人の迷惑にならないよう声を抑えて頼み込む。ヘタレでも仕方ないじゃないか。人と話した経験すら足りないのに、女子のファーストネーム呼びはキツいよ。

「仕方ないなぁ、今はそれで許してあげよう」

ほっとした。急に伸びていた背筋が戻る。

高鳴る胸の鼓動が収まってから隣を見ると——日向さんは写真のスライドを再開して、何かを考えていた。寂しそうな表情を浮かべながら。

線路を走るタタンッタタンという車両の音が、彼女のもの悲しい心情を引き立てるBGMのように聞こえる。

「うん、やっぱり綺麗だね。はい、ありがとう」

スマホを受け取って、思う。

僕の写真が、輝く彼女の笑顔を曇らせている。それが、凄く嫌だ。

小学校の時、僕に笑顔をくれたような……。そんな美しい写真を、僕なりに撮ったはずなのに。なのに、何でそんな顔をするんだろう。

寿命が来るまでに、彼女も笑顔になるような素晴らしい写真を撮る。

そのためにも『深みのある解像度』の答えを見つけなきゃいけない。

でも、心残りにならないように一定の距離感は保とう。

そう決意する僕だったが――わずか数分後に、また動揺させられ決心が揺らいだ。

眠った日向さんの頭が、僕の肩にもたれかかってきているせいだ。

眠気なんか、どこかへ消えました。

早く川越駅に着いてと思いながら――僕の初めての遠出は、無事に終わった。


三年生の初日。春休みの最後に行った旅の疲れも癒えないまま、僕は次の疲労と悩みの種を抱えることになった。全て、校舎入り口に張られたクラス分け表のせいだ。

「……先生たちは、僕に恨みでもあるの？」

思わず、弱々しい声が漏れ出た。

僕の新しいクラスには、知っている名前が三つあった。

川崎勇司、樋口舞、そして日向夏葵だ。

「もう……逃げ場がない」

今までは川崎君と樋口さんから話しかけられても、何とか逃げ切れた。それは僕にどこか遠慮がちだったり、話しかけられたくない雰囲気を二人が察してくれたんだと思う。強引に話しかけてくるのは確認したいことや用事がある時ぐらいだった。

でも、そこに日向さんが加われば話が変わる。

彼女は僕の静かな殻をぶち壊して、人と仲良くさせようとする。

それは、二年生三学期の始業式で身に染みて分かった。

「何てことだ……」

ソワソワと落ち着かない手足を無理矢理に動かし、振り分けられたクラスに行き……そして自分の席に座って溜息をついた。

ポケットからスマホを取り出し共同管理のＳＮＳに先日の熱海で撮影した写真を投稿していく。

今まではこうしてスマホを操作していれば、僕に話しかけてきた相手側も忙しいのかと気を遣ってくれた。誰にも話しかけられず、寂しくも平穏な日々を過ごせた。

「……この人は、どうにかなる相手じゃないよな」

日向さんの後ろ姿が写った写真で指を止める。

『可愛いねぇ』『名前で呼んでくれたら、許す』

なんてからかったりして、彼女は僕を手玉に取る。そもそも人付き合いの経験値も違う、対極の人間性だ。陰に潜んで生きる僕では、どうにもできない。

「スマホ見ながらボソボソ言って。どうしたん、望月？」

声をかけてきた女性の声に驚き、机を大きくガタッと鳴らしながら姿勢を正す。

「どうした望月。具合悪いなら、俺が保健室に連れてくぞ？」

「い、いや、大丈夫ですよ。樋口さん、川崎君……」

「本当か？　ちょっと顔色悪いぞ。何かあったら、俺らにも言えよ。できる限り協力するからさ」

真っ直ぐ過ぎる瞳に見つめらると、思わず身体が固まる。

たとえ何かあっても、僕は言えそうにありません。

「できる限りってさぁ。そういう中途半端なとこ、逆に勇司らしいよね」

「何でも、とか無責任なこと言えっかよ。口先だけの男にはなりたくねぇんだよ」

「本当、そういうとこだよ」

「どういうとこだよ」

樋口さんがトンッと川崎君の背中を叩いた。ポニーテールを揺らしながら微笑む樋口さんに、爽《さわ》やかな笑みを返す川崎君が眩しい。っていうか、一緒の空間にいるのは居心地が悪い。二人とも僕とはタイプが違うっていうかさ。慣れない愛想笑いで口角がピクピクする。

にこやかに会話を続けるのはいいけど、僕の前じゃなくてもよくないかな。あれ、僕は座ったままで、いいのか？　二人が立ってるし、立つべきなのかな。一人だけ座ってるとか偉そうだし立つべきか。うん。

「おっはよう皆の衆！」

始業時間五分前。ギリギリの時間になって、もっとも怖れていた人が来た。

元気一杯に教室へ入ってきて、早速新クラスの同級生と「おはよう夏葵、やったね！」、「沢山遊ぼうね」などとコミュニケーションを取っている。

やっぱり、彼女は僕の対極の人間性で、天敵だ。理解できない。ノリについていけない。待って、おい。こっちに来ないでよ。

ああ、そうか。樋口さんと川崎君がいるから僕の席に来るのか。そのまま二人を連れてって、いいからね。僕を巻き込まないでね、台風娘。

「今年は三人、一緒のクラスだね。楽しみだな〜！」

そっか、僕は悲しみかな。

うん、そうだ。

疲れて不安になる、この感情は……悲しみだな。

「おい、望月。机に伏せってどうした？　頭抱えて、やっぱり痛いのかよ？」

頭が痛いのは間違っていない。でも、川崎君が考えている原因とは多分、違う。

「ほら、起きて起きて。おはようだよ！　耀君、よろしくね！」

身体をゆすって無理矢理に顔を上げさせようとするあたり、日向さんは原因を理解している。僕の頭痛の原因を分かってやっている。

「はっ!?　耀君って何だよ!?　いつそんなに仲良くなったんだよ！」

まずい、そうだった。

そんな親しげな呼び方をされたら、仲がいいと勘違いされちゃう。

「いや、あの、それは日向さんだから。ぼ、僕は別に、特別とかじゃなくて」

「……ああ、なるほど。確かに、ね。夏葵は皆を名前で呼ぶしね」

「そうか、夏葵の特別とかって意味じゃねぇのか。そうか、確かにな」

納得された。苦し紛れの言い訳だったのに。

さすがは、明るくて人に好かれやすい日向さんってことか。

「え〜、何かひどい。それより、頭痛は治ったの？」

「誰かさんのおかげで、今なお悪化してるよ」

意地悪く微笑む日向さんの顔が目に入り、思わず額に手を当ててしまう。

もう無理、立つ気力すら持っていかれた。朝からこのテンションはキツいって。

目を閉じて静かな殻にこもりたい。

「そういや夏葵こそ、平気なのか？　頭痛と目眩、今は落ち着いてるんか？」

「季節の変わり目とか、夏葵は休みがちだしね。春は平気なん？」

「今は大丈夫みたい！　気圧の影響とかなのかな〜。元々、貧血はあるんだけどさ。

三学期前はそれで、橋から落ちちゃったし」

「……日向さん。持病あるの？」

常に元気だと思っていた日向さんに、そんな弱い部分があったなんて。意外だ。

でも、そういえば。僕はあの日、自分の心臓について説明するばかりで、彼女が目眩を起こして川に転落した理由を深く考えていなかった。

目眩がしたという説明だけで、そんなものかと納得していたけど。

「そんな大層なもんじゃないよ。偏頭痛《へんずつう》とか貧血ぐらい、結構あるじゃん？　女子には特に多いし」

「ウチも分かるわ～。梅雨《つゆ》の時期とか、台風来るときさ、マジキツいよね」

「それ！　あと、急な温度変化とかね！」

そういうものなのか。

突然、川崎君がハッと何かを思い出したように、目と口を開いた。

軽く上がった片腕が僕を指さしてくる。

な、何だろう？　何かを言われる前に、もう逃げたいんですが。

「そうだよ！　そのことで望月にキチンと礼を言いたかったんだよ！　前に礼を言おうとしたら、いつの間に消えてたし！」

川崎君の言葉に樋口さんまで「あ！」と声を上げた。

「そうだった、しっかりお礼を言えてなかったわ！　望月。夏葵を助けてくれて、本当にありがとう」

真剣にお礼を言ってくる二人に、僕は申し訳ない思いだ。

僕が日向さんを助けた理由なんて、褒められたものじゃない。ただ、意味がある最期を迎えたかっただけなのに。極端な話、自殺未遂みたいなもんなのに。

「いや、その。僕は、そんな偉いことをしたわけじゃ」

「何言ってんだよ、真冬の川に突っ込んだんだろ。お前はスゲぇよ。本当、夏葵が助かってよかった」

「まぁね、凄いっしょ！　まさか私のファーストキスが人工呼吸とは思ってなかったけどね！」

「何で夏葵が誇《ほこ》るんだよ。ってか、そっか……。ファーストキス、か」

川崎君が複雑そうな表情を浮かべながら頭を掻いている。

でも、僕は――。

「…………」

二人の後ろで、唇を噛みしめて泣きそうな樋口さんが気になった。

この表情だけで色々と察してしまったけど、触れない方がいい。

人間関係に口出しするような立場でもない。深く関わるべきじゃない。

いつ消えるか分からない僕じゃあ、何かあった時に責任も取れないから。

新クラスになってから、急に騒がしくなった。

日向さんが絡んできて、それで川崎君や樋口さんも一緒になって話しかけてきて。

そんな日々を何とかこなしていた。

そして柔らかな陽射しが心地いい、五月上旬の日曜日。時刻は午前十一時。

月一回が目安の撮影旅。

今回は、同じ埼玉県の鴻巣《こうのす》にあるポピー畑へ行くことになった。

日向さんが言うには
『日本一広いポピー畑が見頃なんだって。鴻巣まで直行のバスが出ているから、楽でしょ！』

ということらしい。

前回と同じように駅で集合ということで、僕は遅刻して予定を狂わせないよう約束の三十分前には駅に着いていた。そして日向さんはギリギリに来た。

学校でもそうだが、彼女は絶対に遅刻はしない。でも、毎回ギリギリに来る。

「早いね、お待たせ！」

「そんな待ってないよ。……汗かいて、走ってきたの？」

「うん、ちょっと用事が長引いちゃってさ〜。朝一で行ったのに、間に合わないかもって、急いで来た！」

朝一から用事で走り回っていたのか。本当に、元気な人だな。

「何で鴻巣なの？　いや、別にいいんだけどさ。月一の遠出って県内でもいいの？」

バスに乗り、僕は隣に座る日向さんに尋ねた。

「川越駅からバス一本だしね。県内の方が、何かあった時にいいかな～って」

「へえ。僕の身体を気遣ってくれたんだ」

「……もう、意地悪。もしかして、この間の仕返し？」

少しだけ拗ねたような声色に、ジト目で聞かれた。

「そうかもね。日向さんには、色々やられてるし」

「記憶にありません。……先月、静岡まで行ったじゃん？　あれからまだ一ヶ月だからさ、今回は県内で抑えた方が身体にいいのかなって」

「大丈夫だよ。この間、熱海まで旅して分かったけどね。走ったり山を登ったりじゃなければ、大丈夫そう。何かあっても、元々が突然死もあるって言われてるんだし。撮影映えしそうなら、日向さんの好きな所でいいよ」

「……そっか。なんだ、心配して損しちゃったよ！」

普段とは真逆だ。僕の言葉が多くて、日向さんが少ない。でも、話していたらだいぶ楽になってきた。

人に話せば楽になるって、本当にあるんだな。

鴻巣に着くと、いつも通り日向さんに振り回される状態に着地していた。

これが自然っていうのも、なんか悔しいけど。

でも、自分が主導で話している時よりは、落ち着いてしまう。

「意外に発展してるな～って思ったけど、駅前の東口だけだったね。こっちはもう田舎《いなか》道だ」

「僕は、こういう田舎の方が好きだけどね」

鴻巣駅からポピー畑までは無料のシャトルバスが出ていた。

日向さんが、いかに僕の身体を心配してくれていたのか。よく分かる旅プランだ。

でも乗っている時間は意外に短い。

すぐに田園風景が広がり、そして――。

「あ、凄い、ポピーだ！　広い、広い、すっごい綺麗！」

バスの中だというのに、日向さんがはしゃぎ出した。

苦笑しながら僕も窓の外を見ると、圧倒された。

遙《はる》か遠くまで広がるポピーの花畑が広がっている。

バスを降りた瞬間、遮るもののない涼やかな風がポピーの香りを運んでくる。

気分がスッとする生きた花の香りに、土と草の匂い。耳元を過ぎていく柔らかな風の音が、とても優しく心地いい。

心に残っていた暗いモヤを鼻から吸い込んだ風が抜き取って、遠くまで運んでいった気がする。

「すっごいね、確か三千万本あるとか言ってたけど！」

「これは、いい被写体だ。オレンジ、白、赤い花のグラデーション。まるで高級な絨毯《じゅうたん》みたいだ」

思わず、人が写らないように一枚撮ってしまう。

「ね、せっかくこんな広いんだしさ。お散歩しながら撮ろうよ！」

ポピー畑に黄色い向日葵が紛れてるのかと勘違いしそうになる。

それぐらい、日向さんの笑顔は明るく輝いていた。

何となく、黄色いオーラのようなものを感じる。

残念ながら僕には人のオーラが見えるとかいう特殊な能力はないから、気のせいだろうけど。

袖をくいくいと引く日向さんに導かれ、僕は花に囲まれた小道を、どんどん奥まで歩いていく。

「……ねぇ、日向さん。さすがに、ここはもう違うんじゃないかな？」

小道をひたすら進んでいくと、自分の背丈より大きな雑草に囲まれた。

まるでサトウキビ畑みたいではあるから絵にはなるけど、やはり雑草だ。

綺麗な風景写真にはふさわしくない。

「ん？　そうだね。ちょっとさ、川も見たくて。鴻巣を通ってる荒川って、川幅が日本一なんだってさ。二千五百メートル以上あるんだって！」

「そんなに大きいの？　海みたいだ、それは撮りたいかも」

「でしょ!?」

小躍りしながら歩いたり、スキップしたり。そんな日向さんは見ていて飽きない。

苦笑しながらも、ついていってしまう。

ピョコピョコと無邪気に跳ね回る姿は、まるで可愛い小動物みたいだ。

「……川、あるけど、日向さんが言ってたのってこれ？」

「うん。でも、せいぜい川幅は数十メートルじゃないかな？」

小道を抜けて、小さな橋の前に来たが……とても川幅日本一とは思えない。

「何でだろうね？　どうしてだと思う？」

「知らないよ」

僕の期待を返してほしかった。

「知らないならさ、つまり謎ってことだよね！　好奇心、湧《わ》いちゃうね!?」

「日向さんが持ってきた情報が大げさだっただけじゃない？　戻ろう、まだ花の写真が撮りたい」

「あ、ちょっと待ってよ！」

抗議してくる日向さんを背に、僕はポピー畑へと戻った。期待外れだ……。

そうして色々な角度や構図からポピー畑の写真を撮っていく。

やっぱり、遙か遠くまで色とりどりの花がつくり出すグラデーションを写した写真が一番綺麗だな。

「どう？　満足できる一枚は撮れた？」

ディスプレイを覗き込む僕に、後ろ手を組みながら聞いてきた。

「うん。今回はきっと日向さんも満足するよ」

「そっか、じゃあそろそろ戻ろっか。夜になっちゃうし」

あまり期待してないような淡泊な言動が、少し腹立たしかった。

「いいよ。バス、乗ろうか」

今回は写真見せてとすら言ってこない。

共同管理のSNSに上げれば、何か言うかな。……いや、きっと今日の僕の行動は「解像度」の問いへの答えを、パスしてなかったんだ。

じゃあ、どんな写真なら満足してくれるんだろう。

川越駅へ帰るバスに乗りながら考えていると――。

「あ、見て！　橋の下がサバンナみたいだよ！」

窓に張りつき、そんなことを言ってきた。

僕も少し身を乗り出して確認すると――。

「本当だ……」

夕焼けの光が、風に波打つ草を照らしている。太陽の当たる角度で濃淡が出ていて、自然がつくり出したイルミネーションに見えた。

これは、草の海だ。ジャッカルとかライオンとか、キリンとかがいそう。テレビで野生動物たちが生存争いを繰り広げているような、そんな広大な草原だ。

民家の一つもない、自然なままの絶景だった。

「凄いね。何でこんな綺麗な自然ができたんだろうね？　綺麗だなぁ……」

「うん……本当に、綺麗だ」

急いでスマホを外に向け、バースト撮影をする。

広大な風景写真が撮れたと満足しカメラロールを眺めると、横から視線を感じた。

「何？　どうかした？」

「……ううん。まだまだ、こっからだよね！」

何が、こっからなんだろう？

横目に見えた写真が、日向さんは気に入らなかったのかもしれない。

こうして二度目の旅が終わった。問いの答えも出ず、ヒントもないままに。

そして僕は、スマホを向けて撮るのに夢中で、周りすら見えてなかった。

バス停に到着してから、街中で誰かにスマホを向けられていても、気にもしないぐらいに――。


翌日、学校へと着いた僕は校舎に入る前から、ずっと気持ち悪い視線を感じている。

普段、視線なんて向けられることはあまりない。ましてや注目されることなんて。

なのに、スマホと僕を見比べながらヒソヒソと話している声が聞こえる。

俯きながら、早足に教室を目指すしかない……。

途中「マジで？ 有り得ない」、「タイプ違いすぎ」などと聞こえてきた。

本当に、なんのことだろう。心当たりがあるとすれば、ついに僕たちの共同SNSアカウントがバレたことかな……？

確かに、暗い僕が綺麗な風景写真を撮っていたらタイプも違うと言われるか。

逃げるように教室へ入り、自分の席に鞄を下ろすと――。

「おい、望月！ お前どういうことだよ!?」

「ぇ……？」

「ちょっと、勇司！ 落ち着いてって！」

怒った表情の川崎君がズカズカと歩み寄ってきた。

樋口さんもこれはマズイと思っているのか服を掴んで止めようとするが、筋肉質な川崎君は簡単に振り解《ほど》く。

「お前、夏葵とデートしてたんだろ⁉」

「……は？」

「とぼけんなよ、お前らが一緒に出かけてる写真が出回ってんだよ！」

突然の怒気《どき》を向けられて、頭が真っ白だ。怒っている体育会系の川崎君が怖い。でも、写真って。

「ほら、これ！　どう見ても望月と夏葵だろうが⁉」

川崎君が差し出すスマホには、夕暮れ時に、日向さんに腕を引かれバスターミナルを歩く僕たちの姿が写っていた。

自分が撮られていたなんて、全く気がつかなかった……。

「お前、前に言ってたよな。夏葵のこと好きじゃねぇ、苦手だって！　心変わりしたとでも言うつもりかよ⁉」

「だから落ち着いてって！　そんな怒りながらじゃ、望月だって答えにくいじゃん！」

「分かってるけど、でも、でもよ。嘘つかれてたとか、俺は、俺はコイツを信じてたのに……！」

悔しそうに俯き拳《こぶし》を握りしめる川崎君。

彼の発する威圧感と周囲の凍るようにシンとした空気、注がれる視線も怖い。……

身体が震えて、呼吸が浅くなって、上手く声が出せない。

「ぁ……その」

目が合わないように俯きながら説明しようとするも、喉に上手く力が入らない。

ボソボソと呟くような声が限界だ。

ウジウジと黙ってしまった僕にイラ立ったのか、川崎君は樋口さんの制止を振り切り、両手で僕の胸ぐらを掴んできた。

「勇司！　暴力はダメだって！」

机をガタガタと鳴らしながら、僕を壁にまで押しつける。

顔を近づけてくるが、僕はその表情を見られない。

あまりの恐怖に、眼《め》をつむって顔を見ないよう、わずかな抵抗をしていたからだ。

「お前、最近も夏葵の特別じゃないって、俺に言ったじゃねぇかよ。嘘ついてたのかよ!?　オイ、黙ってねぇで何とか言えよ、オイ！」

「く……苦しい。やめ……て」

「お前は夏葵のことを命がけで助けた！　そんなお前だから信じたのに、お前は俺を見て笑ってたのかよ、それとも哀《あわ》れんでたのかよ!?　ふざけんなよ！」

「ち、ちが……」

「もう離してあげなって！　苦しそうでしょ、一回離れなよ！」

樋口さんが止めに入ってくれるけど、ヒートアップした川崎君は止まる様子がない。

「俺は聞いてるだけだ、コイツは逃げてばっかだろうが！」

「ウチだってどういう関係か聞きたいよ！　でも、やり方が違うじゃん！」

「逃がさねぇようにしてるだけだよ！　なぁ、どうなんだよ、望月!?　何とか言ってくれよ！」

ダメだ、怖い。喧嘩《けんか》なんて初めてだ。心臓の関係で喧嘩するわけにいかない。

でも、ちゃんと説明しようにも怖くて声が出ない。何とか、この場を逃れないと！

「は、はなして」

胸ぐらを掴んでいる手を必死に振り解こうと、腕を回した。

その時、肘《ひじ》に何か嫌な硬い衝撃を感じる。

僕の胸ぐらをつかんでいた手の感触が、急になくなった。

恐る恐る、目を開くと――。

「いってぇな……！」

顎に手を当てながら、顔を怒りに歪ませている川崎君が目に入った。

振り解こうとした時に、僕の肘が当たった、のか？

血の気が引いた。首の血管があわ立つような感覚だ。

事故だけど、僕は人に暴力を振るってしまったのか。

「てめぇ、ふざけんなこの野郎！」

謝ろうと思い顔を上げ川崎君を見ると、あっとでも言いたげに戸惑っている目が一瞬見えた。

そして視界がぶれたと思ったら、僕は床に突っ伏していた。

世界が回り、女子の悲鳴と男子の慌てる声がぼんやり聞こえる。

左頬が内側から焼けるようにジンジンと痛む。

ああ、そうか。……僕、殴られたのか。

もう、どうでもいい。このまま死んでもいいや。未来も希望もない人生に疲れた。

もう……終わりにしてくれ。

今すぐ死んでも、何も心残りじゃない。何の罪悪感もない。

「勇司、あんた何したか分かってんの!? 見た目はそんなでも、暴力は一度も振るわなかったのに。もう言い訳できないぐらい最低だよ！」

「さ、先に手を出したのはコイツだ！ 俺はやられた分を返しただけだ！」

「やりすぎなんだよ！ 望月のは事故だけど、あんたのは――」

「――何、してるの？」

力の入ってない、唖然《あぜん》とした――か細い声が聞こえた。

周りも騒動の中心人物だと分かっているからか、急に静かになった。

時間が止まったようだ。

日向さんはいつもギリギリに登校するから、最悪な場面で現れてしまった。……あ
あ、また、面倒なことになるな。

もう、どうでもいいって言ってるのに。

「夏葵……これは」

「どいて勇司！　耀君、大丈夫!?　しっかりして、心臓は!?」

力なく倒れている僕を抱き起こし、心臓に耳を寄せてきた。

「よかった……。動いてる」

それはそうだよ。だって、まだ生きちゃってるから。

倒れてるのは、殴られた事実が衝撃的すぎて、僕の心が折れただけだから。

「勇司、何で耀君にこんなことしたの!?」

初めて聞いたな。こんな感情的に怒鳴る日向さんの声なんて。

「それは、コイツが夏葵との関係を嘘ついてたからだ！　苦手な相手だって言ってた
のに、裏では一緒に出かけてて！」

「それが何!?　私がお願いして付き合ってもらってるんだよ！」

「な……。何だよ、それ」

川崎君の声が、急に勢いをなくした。

「それに二人で出かけてたからって、なんで耀君が勇司に殴られなきゃなの⁉」

「それは……。それは……！」

「夏葵の言う通りだよ！　勇司、今は素直に謝りな！」

樋口さんは泣くような声だった。樋口さんは、やっぱり……。

「──俺が、夏葵のことを好きだからだよ！」

「え……」

最悪だ。もう、川崎君も止まれなかったんだろう。殴ってしまって冷静じゃなかったんだろう。

でも……このタイミングは違うよ。

教室内の空気も日向さんも、凍ったように動かなくなっちゃった。

「ずっと好きだったんだよ！　高校に入って、この見た目のせいで周りから怖がられても、夏葵はそれが俺の個性だと笑ってくれた。認めてくれた！　それが嬉しくて、道を踏み外さずに済んだんだ。二年間ずっと、ずっと夏葵が好きだったんだよ！」

「勇司……。あんた……」

「……舞、耀君を保健室に連れていくの手伝ってくれる？」

それは突き放すような、日向さんの厳しい声音だった。

「夏葵……。そう、だね。反対の肩かつぐよ」

日向さんと樋口さんが肩を貸してくれて、脱力している僕を立たせた。

「ありがと。……ごめんね、勇司。私は、その気持ちには応えられないよ」

「この騒ぎはなんだ⁉」

誰かが報告したんだろう。教室に男性教師が飛び込んできた。

今さら遅いよ……。

項垂《うなだ》れてる僕に、先生は早足で歩み寄ってくる。

「おい望月、大丈夫か！　頬が腫《は》れている、早く保健室に！」

樋口さんに指示を出した先生は、すぐに他の生徒へ視線を巡らせている。

「殴ったヤツは誰だ⁉」

「……俺です」

「川崎！　やっぱり、お前か！　生徒指導室に来い！」

川崎君は生徒指導室で、そして僕は保健室で、それぞれ教師に事情を説明した。

先に手を出したのが僕ということもあり、僕たちは揃って一週間の停学処分となった――。

停学期間中は暇だ。

殴られた後、病院に行って検査を受けることになった。両親がひどく怒っていて、川崎君の家にも抗議へ行ったらしい。つまり、僕の心臓のことまで話したと思っていいだろうな。どうしてこんなことになっちゃったんだろう。

やっぱり、陽の当たる場所にいる日向さんと、陰に潜む僕が一緒に旅なんかしたからか。僕が旅を断っておけば、誰も不幸にはならなかった。

外に出る気にもなれない。

日向さんから何度も届くメッセージを、開く気にもなれない。

カーテンを閉めた暗い部屋の床に座り、今まで撮った写真をスライドさせて見ていた。

「綺麗……か」

結局、日向さんが出した問いの答えを聞けなかった。

今回のことで、日向さんも僕と旅をすれば勘違いされると分かったはずだ。

おそらく、もう旅もできないだろう。

ふと、日向さんの後ろ姿が写った写真でスライドを止めた。

「心残りになんて……思ってない」

そうだ。僕は、別にまた彼女と旅をしたいなんて思ってない。

そう思ってはいけない。

壁かけ時計に目を向ければ、いつの間にか夕方だ。

学校に行っていれば、今ぐらいの時間に家へ帰ってきただろうな。普段は毎日休みだったらいいのにと思ってたのに、いざ休めと言われたら時間を持て余してしまう。

ふと、まだ少しだけ痛む頬を触る。

「川崎君も、本気で殴ってなかったんだろうな。戸惑った瞳をしてたし。それに、本気だったら一日で痛みも引かなかっただろうし……」

元々、暴力を振るうつもりがあったわけじゃなくて、冷静じゃない中で僕の肘が顎に入ったから、ヒートアップしちゃったんだろうな。

筋肉質な彼が本気だったなら、僕みたいな貧弱な人間は病院行きだろう。つまり、僕にも悪いところがあったってことだな。まぁ、今さらどうでもいいけどさ。

そんな意味もないことを考えていると、インターホンが鳴った。

家には誰もいない。仕事で忙しいから、両親が帰ってくるのは夜だ。

仕方ない、出るか。

「勧誘とかだったら嫌だな……」

二階にある自室から階段を下りて、玄関を開ける。

「やぁ、望月。その、ちょっと話いいかな？」

勧誘より嫌なパターンだった。

「樋口さん、それに……川崎君」

制服姿の樋口さんの横には、私服姿で視線を落とす川崎君がいた。

どうしよう。もの凄く気まずいし嫌だ。かといって二人に帰れと言う勇気もない。

「望月、すまなかった！　本当に、本当にすまん！」

「え!?　ちょ、ちょっと、あの!?」

川崎君が地面に土下座《どげざ》をした。

文字通り額を地につけて、ジャリジャリと音をさせている。

外でそんなことされると近所の目が。っていうか、どうしたらいいの、この状況！

「あの、やめてください……！」

僕の言葉を聞いても謝り続けている川崎君に戸惑って、樋口さんに視線を向ける。

助けてと願いを込めて。

「……その、さ。よければ中で、ちゃんと謝らせてもらえないかな。急で悪いとは思ってるんだけど、ここだと目立つし？」

首をブンブン縦に振り、喜んで招き入れた。

川崎君の背中を押し、ご近所の人にこれ以上見られないよう二人を入れる。

自室まで二人を案内して中に入った途端、再び川崎君が謝罪と土下座をした。

僕は堪らず、正座して声をかける。

「いや、あの！　謝らなければいけないのは僕じゃないかなと、お、思うんですが」

居心地が悪い、視線をさまよわせてしまう。

川崎君の横に座る樋口さんも申し訳なさそうだ。

「いや、全部俺が悪い！　嫉妬《しっと》して、カッとなっちまった！」

「あの時、冷静に事情を聞くように止め切れなかったウチにも責任があるよ。だから
ウチからも、ごめん望月」

「樋口さんまで!?　あの、気にしてないのでやめてください。頭を上げてくださ
い！」

泣きそうだ。

殴られた時よりも、停学が決定した時よりも、今の状況の方がキツい。

「許してくれるのか。本当にすまんかった！」

「カッとなっただけで本気で殴ったんじゃないの、分かってましたし。それに、きっ
かけをつくったのは、僕ですから……」

「望月、あんた。人が好《よ》すぎだよ。馬乗りになってやり返してもいいのに」

樋口さんは何を言ってるんだ。

僕にそんなことができるはずがないし、やりたいとも思わない。

それに、罪悪感として川崎君の心に残ったら困る。

「その……、あの後、夏葵にちゃんとフラれたよ」

頭を上げてくれた川崎君が苦笑いして、頬を掻きながら教えてくれる。

「まぁ、当たり前だよね。あんな最低最悪な告白、初めて見たわ」

樋口さんの言葉に何も言い返せないのか、川崎君は俯いてしまった。

「ウチらはさ、二人とも夏葵のことが大好きで大切なんよ。前にも話したけど、ウチは夏葵がいなかったら女子の友達ゼロだったし」

「……俺も、同じだ。俺はこんな外見のせいで、不良って決めつけられてたから。なら、いっそグレてやろう……ってか、中学から実際に夜の街でそういうヤツらと遊んだりしてた」

「今回の暴力事件で、不良って言われても否定できなくなったけどね」

樋口さんの指摘に、川崎君はグッと苦い表情を浮かべた。

「茶化すなって！　陸上だけは続けたくて行った高校でも周りの目が痛くて。正直、中退しようと思ってたんだ。……でも夏葵は、こんな俺を認めてくれた！」

「そっから夏葵にモテようと努力して、気づけば周りに馴染《なじ》めてたんだから。男って単純だよね」

「単純なのは認めるよ。それでも、俺は夏葵に救われたんだ！　だから、フラれてもあいつへの感謝は忘れない。今後、二度と関われなかったとしても……」

もの凄く寂しそうで、徐々に弱々しい声音になっている。

彼がどれだけ日向さんを好きなのか、痛い程に伝わってくる。

「ま、夏葵がどう思ってるか分からないけどさ、ちゃんと謝れば許してくれんじゃない？　今日も笑顔だったし。まぁ、笑顔の下でメッチャキレてた可能性はあるけど」

「許してくれそうなのか⁉」

「そんな顔して喜ぶな！　実際、分かんないよ。夏葵ってさ、絶対に怒らなかったじゃん？　ちょっと怖いぐらいに、ずっと笑っててさ」

川崎くんは思い出すように、斜め上に視線を向けた。

そして、小さく何度か頷いている。

「……確かに。本心がどこにあるかは、読めねぇところはあるな。でも俺は、そんなあいつの笑顔に救われたんだ！」

「ウチに語んな！　ちゃんと反省してんのか。心から謝りなよ？」

からかうような笑みを浮かべた樋口さんの言葉に「当たり前だろ」と答える川崎君の顔には、わずかながら笑みが戻っていた。

本当に、日向さんは凄いよ。沢山の人に大切に思われて、そこにいなくても名前だけで人を笑顔にできるんだから。

「……望月、あんた」

「え、何ですか？」

「いや、その。お前、そんな顔で笑うんだな？　初めて見たよ」

樋口さんと川崎君が、少し驚いたように言った。

僕が、笑ってた？　日向さんのことを考えて？　――そんなはずがない。

だって、僕にとって彼女は天敵で。対極な存在で、苦手だと思っているのに。いい写真を撮るための利害関係で一緒にいるのに。

僕が最期を迎えた時、苦手な彼女にならば、忘れてくれるまでの少しの間だけ悲しい思いをさせてもいいかなって。

「……あの、僕の親がすいませんでした。そう思ってるはずなのに。

心臓のこと、聞いたん、ですよね？」

呟くように出した言葉で、二人は顔を暗くした。

ああ、やっぱり聞いてたんだな。こんな話題しか思いつかない。

人を笑顔にできる彼女と違って、僕はやっぱり、人の表情を曇らせる存在だ。

「すまん、聞いた。病気に苦しんでるのも、余命についても……。俺は、そんなことも知らなくて、病人を殴った最低野郎だ」

やっぱりか。こういう腫れもの扱いが嫌なんだ。

だから、知られず独りでいたかったのに。

「アホか。望月はそういう風に言われるの嫌がりそうって夏葵が教えてくれたのに」

「う……。それは、すまん。また俺は……」

「いえ、大丈夫です。とにかく日向さんは僕の余命も知ってますから。恩義とか、多分そういうので趣味の写真撮影に付き合ってくれてるだけですので……。恋人とか、そんな関係ではないです」

「……確かに、優しい夏葵なら有り得るね」

樋口さんは、深く頷いた。

それは、そうだろう。

あんな魅力的で明るい人が僕みたいなウジウジした男を好きになるわけがない。

「でも俺には……その、そんな同情みたいなもんだけじゃねぇように思えたんだが」

「日向さんが僕を、あおってきたんですよ。君の写真は綺麗なだけで、『深みのある解像度』が足りないって」

「解像度って、あれっしょ？　テレビとかの映りが綺麗になるとかそういうの。深いとか浅いとか、あるの？」

「僕もそう思ったんです。でも、彼女が言うのはもっと違う意味みたいで。問いを出されてるんです」

僕の言葉を聞いた二人は、顔を見合わせて首を捻った。

「問いって、答えを考えろってことか？」

「そうです。僕もいい風景写真を撮りたいですし。だから、彼女は僕が答えを見つけるための旅に付き合ってくれてるんです」

二人は口を開けて、今にも「あぁ〜」と言いそうに苦笑している。

日向さんならやりそうだと、二人も思ったんだろう。

「なるほどね、だから二人で出かけてたわけか」

「そういうことなら、俺たちは応援する。誰かが何か言ってきても黙らせてやるよ。

むしろ一緒に答えを探すぜ！　なぁ、舞？」

「うん。ウチらも一緒に旅でも何でも行くよ。協力できることならガンガンするし！

そうだ、ウチらとも連絡先を交換しようよ！」

二人は明るい顔でスマホを取り出した。

ちゃんと二人と話して分かった。

この人たちは、いい人だ。人を思いやって、誠実だ。

だから……。

「……すいません、お気持ちだけで」

僕は、仲良くなるわけにはいかない。

「そう、だよな。やっぱ、俺はもう信じてもらえないか」

「ウチも、夏葵と比べたら……そりゃ信じられないよね」

寂しそうな二人の蚊の鳴くような声に、僕は心がキュッと締めつけられた。

殴られた時は確かにどうでもいいと思った。

でも、もう二人のことを傷つけたいわけじゃない。

僕が急にいなくなったらこの人たちは、何もできなかったとか責任を感じてしまいそうだ。慌てて言葉を足す。

「違うんです。僕は、その……。人と仲良くなるのが怖いんです」

「……は？」

「どういう、ことだ？」

「多少、話したぐらいなら、いずれ記憶は薄れて消えます。卒業してしばらくすれば名前も思い出せなくなるはずです。でも、深く入り込みすぎたら話は変わるんじゃないかと思うんです」

「望月、お前……」

「だから……いつ最期がくるかも分からない僕は、二人とも、これ以上深く関わりたくないんです。独りぼっちが寂しいから上っ面の会話だけ、友人を演じてほしいと、お願いするなんて……。もう考えただけで、自分がもっと嫌いになっちゃうんです」

部屋は呼吸音が聞こえる程に静かだ。

無言で誰かといる空間は居心地が悪い。でも、ちゃんと説明はしないと。

「……連絡先なんて、最悪ですよ。目にする度に故人の美化された記憶を思い出して悲しくなるかもしれない。僕みたいに、嫌なヤツにも謝りに来てくれるような……。情の厚い、あなたたちですから」

二人は何も言わない。僕の話を真剣な顔で聞いている。

反応もないのに話すのって、凄く焦る。思わず早口になってしまう。

「もっと何かできたかもとか、さっきみたいに暴力なんかって、心残りになってしまうかも。その、僕はずっと、誰かを悲しませてばかりの人生でしたから。死んだ後にまで、誰かに迷惑をかけたくないんです。……既に迷惑をかけておいて何を言ってんだと感じるかもしれませんけど、本当に……すいません」

今度は僕が土下座する番だ。

本当に自分勝手で、ひどいことを言っていると思う。

二人は何も言わない。顔を俯かせながら、黙り込んでしまった。

やっぱり、暗い殻にこもってるな、僕は。他の人と違って誰かにいい影響なんて与えない。悪いけど、多少強引にでも帰ってもらおう。

僕と違って、二人は明るい世界で生きるべき存在だ。

こんな暗い殻にいるのは、似合わない。

「ふざけ……ないでよ」

「……え？」

「ふざけないでって言ったのよ！」

顔を勢いよく上げた樋口さんが叫んだ。目を真っ赤にして、涙目で。

「望月はそうやって自分が傷つかないように生きてきたんだろうね。余命宣告されて傷つきたくないってあんたの気持ち、ウチには分からないよ。あんたの考えが悪いとは言わない。でもね、死んだ時に迷惑だなんて思うわけないじゃん！　ウチらをバカにしてんの!?」

「いや、そんなつもりじゃ……なくて」

大きな声で身を乗り出してきて。思わず僕は正座を崩し後ずさってしまう。

「いなくなって悲しむなんて当然でしょ！　でも悲しさも楽しさも含めて、あんたとの思い出を大切にしたいんだよ！　それすら迷惑をかけるかもとか、まさかそう思ってんじゃないよね!?　もしそうなら、今度はウチがあんたを殴ってやろうか!?」

「舞……。落ち着け、感情的になるな」

「あんたが言うな！」

川崎君の言葉が効いたのか、樋口さんは息を荒くしながらも座り直した。

樋口さんが少し落ち着いたのを見計らって、川崎君がこちらに目線を向けた。

何で……そんな優しい目ができるんだろう。

「俺たちはさ、悲しい心残りなんかじゃなくて、楽しい思い出として望月を心に残してぇんだよ。望月が願いを話してくれた今は余計にそう思う。それにまだ最期を迎えてねぇ。ならさ、治療法が見つかって助かる可能性もゼロとは言い切れねぇだろ？」

「ウチらだって、いつ事故に遭《あ》ったりするか分かんないじゃん。だから今を楽しんで必死にできることをしてんだよ！　後悔しないために、心残りに思わないために！」

「樋口さん……」

心に響く……。二人の言葉が、染み入ってしまう。

「いいヤツだったなって。最高の記憶だったなって、笑って見送ってあげるから。だから、ウチらにも心を許してよ！　人なんて、迷惑かけてかけられてを繰り返すのが当然なんだよ！」

ああ、そうか。僕は……独りは嫌だって自分でも言ってたな。

迷惑をかけて、かけられるのが友達……。ずっと、知らなかった言葉だ。いや、知ろうともしてこなかった。凄く新鮮だ。……だからかな、最期も笑って見送ってくれるってまで言われて、つい目頭が熱くなっちゃうのは。

「僕は……。暗くて、つまらない人間なんですよ……」

震えた情けない声になってしまう。

「それを決めるのは、ウチらだよ！　自分のしたいことをしなよ！」

「僕は、根暗で情けないし……二人とはタイプが違うし」

視界が滲《にじ》む。潤んだ声になってしまう。

怖かった時とはまた別の意味で、上手く声が出ない。

「そんなもん関係ねぇ。俺たちがお前といたいんだよ」

何で、何でこんなに優しいんだ。この二人ともう会えなくなったら。

そう考えると、怖い。死ぬのが怖くなっちゃう。

でも、それでも。僕は……。

「……よろしく、お願いします」

声帯が熱い。

込み上げてくる何かに耐えながら声を絞り出し、スマホを差し伸べる。

涙を流しながらポニーテールを揺らす樋口さんの頭にポンと手を乗せ、川崎君が微笑んだ。

僕のメッセージアプリに、連絡先が二件増えた。

後悔はしていない。樋口さんが言ってくれたように、この素晴らしい二人に会えてよかった。

そうやって楽しい思い出だったと笑いながら最期を迎えられるよう頑張ればいい。

二人のおかげで、そう思えるぐらいには前向きになれた──。

連絡先を交換した後、二人から敬語はやめろと言われた。友達なんだからと。

すぐに変えられるものじゃないが、努力はしよう。

「ていうか、ウチら何も手土産持ってこなかったね。勇司、あんたお菓子と飲み物買ってきてよ」

「なんで俺なんだよ。パシリかよ」

「今日はあんたが謝るのに付き合ったんでしょ？」

「おう、すぐに行ってきます」

今の川崎君の立場は弱い。すぐに立ち上がり、部屋から出て行った。

そうなると、僕は樋口さんと二人で部屋に残されるわけで。まだ少し気まずい。

女子と部屋で二人とか、何を話せばいいんだろう。というか、女子と部屋で二人っきりは、まずくないかな？

それに、樋口さんは……。

「あのさ、多分気がついてるよね。ウチの好きな人のこと」

「あ……多分」

「だよね〜。まぁ、そりゃ分かっちゃうよね」

その当人は、つい最近、他の子へ最悪な形で告白をしたわけで。僕はどういう反応をするのが正解なんだろう。

「ウチと勇司はさ、幼馴染みってやつなんよ。幼稚園からずっと一緒」

「そうなんだ。どうりで、あの、仲がいいなって」

「おっ。そう見える？　ならよかった」

ニヘっと笑いながら机に腕をついてもたれかかる樋口さんは、恋する乙女だ。

男勝《まさ》りなところは確かにあるけど、女の子だ。

「その、川崎君のどこら辺が好きになったの？」

「好きになったきっかけかぁ〜……。特に何もないよ？」

「……え？　ないの？」

キョトンとする僕に、樋口さんは溜息交じりに言った。

「ウチも成長するにつれて思うようになったんだけどさ。男って本当、理由ばっか求めて、感情を理解しないよね。子供の頃は皆、感情のまま素直だったのにさ」

「な、何かごめん」

責められている気がして、思わず謝ってしまった。

「好きになるのもさ、理屈じゃないんよ。一回じわじわ好きってなれば、もう抜け出せないくらい好きになってるもんなの」

「難しいんだね……。好きって」

「本当、難しいよ。望月にあんなことして他の女に恋してるような男なのにさ……」

片膝を立てて座り、遠くを見るような樋口さんの瞳は、少し哀《かな》しげに見えた。

「ああ、もう。ウチ、マジ面倒くさいよね。本当、自分でも分かってんのよ。でも止まんないんだわ。前はさ、男女の違いとか意識しなかったのにね。なんで成長なんかしちゃうんかな、本当に……」

恋愛経験のない僕はなんて声をかけていいのか分からず、話を聞いていることしかできなかった。

聞き上手でもない僕だ。それでも、止まることなく語り続ける樋口さんは、本当に川崎君が大好きなんだなと分かった。

息を切らしながらお茶とお菓子を買ってきた川崎君に「遅い。もう、いい時間だし帰るよ」と言って、涙目にさせた姿からは想像しにくいけど——。

その日、涙目になったのは川崎君だけじゃなかった。

夜になって

『二人が家に来てくれて、友達になった。夜まで話してたけど、いい人たちだね』

と日向さんにメッセージを返したら、スタンプメッセージが恐ろしいぐらいポンポンポンポンポン送られてきた。

「ちょっと、何これ。ぼ、僕が返事を書いてるの分かるでしょ既読がつくんだし！」

僕がメッセージを書いていようとお構いなしだ。いつまでも止まらない通知音に困り果て、文字を書くのは諦めた。スマホを抱えたままベッドで目を閉じる。

最後に

『楽しみに待ってて』

という謎のメッセージが送られてきて、ようやく通知が止まった。もう返事をする気力もない。考えることもしんどい。今日は色々とありすぎた——。

そして、気がつくと眠っていたらしい。

身体を起こしてスマホを見ると、もう昼を過ぎている時刻だった。

「……これが、寝落ちってやつか」

知識としては知っていた。でも、誰かと連絡を取り合っていて寝落ちするなんて初めての体験だ。

いや、連絡をキャッチボールのように取り合っていたというよりは、一方的にぶん投げられていただけなんだけど。

眠りすぎてだるい身体を引きずり、ゆっくりシャワーを浴びる。洗面台の鏡を見ながら、ほとんど目立たなくなった腫れを触って昨日のやり取りを思い出した。

「……友達、か」

僕に友達ができるなんて、つくってもいいんだと思うなんて予想もしてなかった。ましてや、初めての友達があんなキラキラした人たちとか、現実味がない。……この変化も、成長なのかな?

色々と考えながらシャワーを浴びて身だしなみを整えると、あっという間に夕方になっていた。

その時、インターホンが鳴った。

「……凄く嫌な予感がする。今日は出たくない。郵便だったら不在通知入るよね。居留守しよ」

何回かインターホンを無視していたら、スマホの通話着信音が鳴り出した。

「確定じゃないか……。ああ、もう!」

どうにでもなれという思いで玄関扉を開けると――。

「やっほ。来ちゃった!」

エコバッグからはみ出るぐらいに食材を持った、日向さんがいた。

何が楽しくて笑顔なんだろう。

「……何、それ」

「夕飯作りに来た! これで夜まで一緒。二人より私の方が長く話せるでしょ?」

「いや、全く意味が分からない」

何に張り合ってるんだろう？

問いの答えといい……。彼女の言動が、全く読めないよ。

「耀君ズルいよ！　二人とは仲良く友達になって、私のことは苦手なままでしょ？」

「間違いなくそうだね」

「じゃ、私とも仲良くなるために、お喋りが必要だね。お邪魔しま〜す」

問答無用で家に入ってきた。

お喋りってさ、会話が成立しないとダメなんじゃないかな。

「キッチンお借りしますね！」

エコバッグを下ろした日向さんが、エプロンをして制服の袖をまくった。

どうやら、本気で夕飯を作るつもりらしい。

「あ、その顔。料理できるか心配してるでしょ」

「うん、そのエプロンも新品だし。凄く不安」

「料理は家庭科でやっただけだけどね。でも、減塩食の作り方はネットで調べてきたから」

「そうなんだ。不安が絶望に変わったよ」

不安だ。家庭科の授業以来の料理が減塩食って、成功する未来が見えない。

「一番辛い絶望を味わったからには、あとは幸せに上《のぼ》っていくだけだね」

「過去形にしないで。これから絶望を味わいそうだって話なんだけど」

僕が止めようとしても、彼女は止まる気配がない。

一生懸命にスマホを確認しながら必要な道具を揃えていく。

人の家のキッチンだから、どこに何があるかなんて分かるわけもなく「ボールってどこにある？」とか聞きながら。

何でだろうな。日向さんはこんなにも楽しそうに笑って、何でもする。

今日、僕に会いに来たのは、もしかしたら停学で落ち込んでいる僕を励まそうとしてくれたのかもしれない。彼女は気遣い上手みたいだから。

まぁ、そのクセ人を怒らせるような言動もするけど。

「僕も、一緒に料理していい？」

だから止めるんじゃなくて、一緒に作りたくなった。

一緒に思い出をつくる、というのは今まであまり好まなかった。

でも、樋口さんにバカにするなと怒られて、川崎君に楽しい思い出として僕を見送りたいんだって教えられて。日向さんもそうなのかなって思うと、この思い出づくりも止められない。

僕は寿命を目前にして、変わってきているのかもしれない。

「いいの？　一緒に料理してくれるの？」

「うん、これでも、ずっと減塩食を自分でも作ってきたからね」

あとは、僕が心残りに思わないようにすればいいだけだ。

もっと一緒にいたかったじゃない。

いい人たちだった。いい思い出だった。

そういう気持ちでいられるように。

「やった！　初めての共同作業だね」

「それは意味合いが違うと思うよ。絶対に皆の前で言わないでね」

「つれないなぁ」

肘を突いてくる彼女の笑みが眩しい。こんな暗い僕でさえ明るく照らしてくれる。

だから僕は、彼女と友人たちの花が咲いた笑みを胸に、棺《ひつぎ》へ入りたい。

互いの心残りにならないように気をつけて。

短い余命では、いい思い出だけを残したい。

「耀君、メッチャ手際《てぎわ》いいね！」

「だから、いつもやってるんだって」

僕が慣れた手つきで下準備を始めると、日向さんは少しオーバーなぐらい驚いていた。

「あ、はい！　ネギを切るのは私がやりたい！」

「……包丁、持てるの？」

「猫の手でしょ？」

猫のように両手の指を丸めて見せる日向さん。僕は改めて思った。思い出づくりとか関係なく、一緒にやろうと提案してよかったって。

「切るのは僕がやるよ」

血まみれの料理なんか食べたくない。

人の血に成分表示ラベルはついてないから、塩分濃度が高いのかは知らない。でも、間違いなく心臓には悪い。

「え〜、大丈夫だって！　指切るのが心配なら、やり方教えてよ。私も料理できるようになりたい！」

「……仕方ないな。日向さんは、これから長い時間かけて上手くなればいいしね。まず包丁はグーで握らないで」

日向さんが包丁を持つ手を修正しようとする。でも、なかなか上手く伝わらない。僕は段々やきもきしてきて、思わず「こうだよ」と手を出してしまい、日向さんの指に一瞬、触れてしまった。

マズイ、そう思って慌てて指を離す。……絶対に嫌がられた、よね。

沈黙が流れ、凄く気まずい。

「あの、ごめ……」

「だ、だいじょぶ！　うん、私は大丈夫だから！」

自分に言い聞かせるような言葉が気になって、チラッと日向さんを見る。

恥ずかしそうな顔をしながら身体を固まらせていた。頬を少し赤らめ流し目で僕を見ている。

「……もしかして、こういう、不意打ちに弱い？」

「な、何を言ってるのかな。そんなことないし！」

「包丁持った手は動かさないで！　危ないから、落ち着いて」

「あ、そうだよね、うん。ごめん！　でも、耀君が変なこと言うからだからね」

日向さんは自分からのスキンシップは何食わぬ顔でするけど、不意に人からされるのは弱いんだな。

だけど、料理中に指摘するのは危ないから、もうやめよう……。

「そういえば、二人と友達になったんでしょ。どんな話したの？」

もう残すは盛りつけぐらいという頃になって、日向さんが話しかけてきた。

「僕の余命の話と……。凄く、ためになる話をしたよ。楽しい思い出を作って、笑って見送ってくれるって。あとは、日向さんの話とか」

「え、私？」

「そう。日向さんは凄いよね。色んな人を笑顔にできる。その場にいなくても、話題だけで」

「全然、凄くないよ。私だって……弱い人間だよ」

遠慮しているのか、照れてるのか。声音は弱々しくか細かった。

「辛かったり悲しかったり、怒ったり悔しかったり。そういうのはあるのかもしれないけど、それを引きずらない姿は格好いいと思う」

「あ〜、確かに。引きずる時間はもったいないって思うね。そんな暇があるんだったら、笑って楽しみたいな！」

言い切る声は、いつものように明るくて。やっぱり僕と対極的な考えだと思った。

「……そっか。やっぱり、僕は日向さんのことが、苦手だ」

「……残念、だなぁ。まぁでも、その方が色んな思い出を残しても心残りにならないし？　逆に考えれば、得だよね？　よし、問題ない！」

「まぁ、ね。そういう何でも前向きに考えられるところとか、堂々としてるのが羨ましい」

「これは特技だね！　暗く考えすぎないで、今を楽しむの！」

本当に羨ましくて、苦手だ。

こんな暗い殻にこもって、人と接するのが苦手な僕なのに——日向さんの隣にいるのは、全く不快じゃないんだから。

「やっぱり日向さんと僕は、対極だ。僕は、直接話しても誰ひとり笑顔にできない。親でさえ、気を遣った暗い顔にさせちゃう」

「私は、笑顔になってるよ」

囁くような声だった。

「……え？」

聞き間違いか何かかと思った。

「俯いてて、私の顔が見えてないのかな？　私は、耀君と話してて楽しいから、明るく笑えるんだよ！」

「……日向さんは、本当に凄いね。僕にまで、笑顔がうつる」

「本当に、そんな大したもんじゃないんだけどな。私はやりたいように生きてるだけなんだよ？」

自分では大したことをしていないと思っているみたいだけど、そんなことはない。

「……僕はね、図書室で風景写真を見つけた小学生の頃を最後に、全然笑えてなかった。それなのに、日向さんと出会ってからは笑うようになったらしいんだ」

「それは光栄だね！　これからも、どんどん笑わせていくよ！」

顔をくしゃっとさせて笑う日向さんは、やっぱり――。

「──やっぱり、向日葵みたいだ」

心の声が漏れ出て、慌てて言葉をつけ足す。

「あ、前みたいに誤解しないでね。笑顔が明るくて元気で、向日葵みたいだし。皆に愛されてて、人を笑顔にできる人だなって、そう思っただけだから」

「……なら、耀君は、太陽に見えるかも、ね」

いつになく真剣な表情で、自信なさげに日向さんは呟いた。

僕がどういう意味か問いただそうとした時──母が帰宅した。僕の名前を呼びながらリビングに入ってきた母が固まる。

当然、母からすると僕が初めて友達を家につれてきたと思うわけで。ましてや、それが女の子ってなると大慌てだった。

相手が面識のある日向さんだったからすぐに落ち着いたけど──僕は落ち着かなかった。さっき日向さんが言った言葉のせいで。

三人で夕食をすることになって、二人が楽しそうに話している間も、ずっと否定したかった。

僕は日向さんの言うような、堂々としてる太陽なんて存在じゃない。

明るい君とは対極の存在。にごった夜の闇に寂しく浮かぶ月、しかも雲に隠れてばっかり。

存在してるのかも分からないような存在だよって――。

あっという間に停学期間が終了して、復学になった。

「望月、いつも弁当持ってきてんのか？」

「うん、僕は減塩食じゃないとだから。学生食堂のメニューは塩分がキツいんで」

「あ～、そっか。なるほどな」

喧嘩をして復学した事情からか、周囲の向ける好奇の視線に凄く居心地が悪い思いをしていた。

でも幸いなことに三人が話しかけてくれたから、すぐに落ち着いた。

そんな流れで、昼は学食で一緒に食べようということになった。

いつもの僕なら個室トイレで食べて、ゆったり写真を見て時間を潰《つぶ》していたのに。

自分が学食の長テーブルに座ってることに、かなり違和感がある。急に明るい所に連れてこられて、目が慣れずパニックになるみたいな。そんな感覚かな。

「耀君、料理も上手いんだよ！　こないだもちゃちゃっと流れるように作ってね。味は薄いけどその分、メッチャ綺麗なの！　ほら、お弁当も！」

「そっか、自分でな。……いや、待て。夏葵と料理作ったのか？　おい、まさか手料理か!?」

告白前と同じように話しかける日向さんに、川崎君も最初は嬉しそうにしていた。

でも、流れるように爆弾発言をぶちかます日向さんだ。

川崎君も爆弾に気がつき、驚いている。

「うん、二人が謝りに行った次の日にね。作ってくれたの。ひどいよ、二人して私に秘密でさ！」

「いや、ウチとしても気を遣ったんよ。ほら、あの段階で夏葵と勇司を一緒に混ぜたらさ。もう、ごちゃごちゃになるじゃん？」

「別に私は気にしないのにな、寂しかったな」

「ごめんって。ほら、ヨシヨシしてあげるから」

日向さんは、樋口さんに頭を撫でられ気持ちよさそうに目を細めている。

やっぱり小動物かな。川崎君は、気にしないという言葉が逆に気になったのかな。

寂しそうに微笑みながら食事をしている。

「遊んでねえで早く食えよ。時間なくなんぞ」

「勇司、あんた考えてること顔に出てるよ。未練たらたらとか、ダサいよ」

「は!? な、何言ってんだよ舞！　俺は、ちょっと考え事してただけだっつの！」

僕は、どうすればいいんだろう。

いつ何か起きてもおかしくないこの三角関係の中で、僕だけが部外者だ。

問題がおきた時、中立的な立場から解決ができるのは僕だけ。でも、僕にそんな問題解決能力なんてあるわけがない。時間も残り少ない。

見守るぐらいのスタンスが一番か。

「それでね、耀君！　次の旅プランも考えたんだけど、これからはちょっと厳しくいくね！」

「何が？」

「少し厳しめの言葉とかヒントを出すよってこと！　ほら、答え見つけてほしいし」

日向さんが僕の写真を見て不十分と言った原因、

『深みのある解像度』

とは何か、という問題か。確かに、それを知ることができれば、未《いま》だ反応すらないSNSにも意味ができるかもしれない。

僕としても、誰かの心を動かすような写真を撮れたら嬉しいけど――。

「ま、また二人で旅に行くのか？　いい写真の撮影、だっけか？」

「うん、行くよ！　誰がどんな噂《うわさ》しようと、私たちは私たちだからね！」

「強いね、夏葵は。まぁ、ウチらも協力できることはするからさ」

「そう、だな」

川崎君は少し肩を落としながら、僕の首に腕を回してきた。

「心配ねぇとは思うけど、夏葵を大切にしろよ。もし泣かせたら、心臓とか関係なく張り倒すからな」

全く冗談に聞こえなかった。殴られた経験があるだけに。

僕は戸惑い、ちょっと怖くなり顔を俯かせて、身体を固くしてしまう。

チラッと視線だけ上げると、食事を続けている樋口さんがぎこちなく笑っていた。

食器を片付けている時、樋口さんの「命を助けてもらったとはいえ、なんで夏葵はそこまで望月にへばりつくんだろね」という言葉が、とても心に残った。

本当にその通りだ。

何か隠している目的はあるって、前に日向さんも言っていた。

それでも明らかに、彼女が受ける不利益が大きすぎると思う――。

六月は旅がなかった。停学期間の補習が休日にあったことや、テスト対策のために親の許可が出なかったからだ。

それに日向さんも、何か用事が入ったらしい。

不定期で入る用事だから、気にしないでね。行けなかった分は、期末テスト後と夏休みのどこかに回すと、日向さんから連絡があった。

学校生活の方では、特に樋口さんとは毎日メッセージとのやり取りをしてる。

『ウチは、この関係を壊す存在だよね。でもウチは、皆でいる楽しい関係を壊したくない。勇司とも、付き合って何したいとかない。ただ、他の女と一緒にいるのを見てたくない。ウチ、どうしたらいいと思う？』

という悩みなど。僕じゃ気の利いたことも言えない。ただ、聞いてるだけだ。

そんな七月中旬の土曜日、期末テスト終わりの解放感がある中で、次の撮影旅へ連れ出された。

「うわぁ！　向日葵、綺麗だよ。これ、満開じゃない!?　ね、今年は開花が早かったらしいの！」

「そうだね、本当に綺麗だ。茨城まで来てよかった」

撮影場所は向日葵畑。場所は茨城県那珂総合公園《なかそうごうこうえん》だ。

東京ドーム三つ分の敷地に二十五万本もの向日葵が植えられているらしい。

広大な向日葵畑を利用した迷路や、見晴らし台まであるそうだ。

「ちょっと遠かったけどね。よし、遊ぶぞ！」

そう言って日向さんは、制服のスカートを翻《ひるがえ》し、向日葵畑の迷路に消えていく。

そう。彼女は、休日なのに制服を着てきた。

「この瞬間、瞬間にできることを楽しみたいからさ！　制服、いつまで着られるか分からないしね！」

「相変わらず、よく分からないことを言うね」

なんて会話も、道中でしたけど……。

まぁ学生時代にしか制服が堂々と着られないから、気持ちも分からなくはない。

でも、向日葵畑では足を取られやすい服装だろうに。

動きやすさ的に、どうなんだろうとか思ってたけど……。

いらない心配だったな。彼女は野生児みたく快活に動き回っている。

それに一面黄色い世界で、清潔な制服は映えてる。

「写真だと、この空気までは写すことができないんだよな。もったいない」

スマホを取り出しながら向日葵畑に入り、少し目を閉じてみる。

ジリジリと肌を焼く日光の程良い痛み、少し土くさくて墨汁《ぼくじゅう》のような向日葵の香り。噴水や森林を通ってきた清涼な風が、強過ぎる匂いを薄め爽やかに鼻と肌を撫でていく。

ぬるめのお風呂に入浴剤を入れて浸かっている時、いや、それよりも心地いい。肌だけでなく、心の奥にまで優しく吹き抜けていくようだ。

「何してんの？」

「え!? あ、ああ。戻ってきたんだ」

「そりゃ二人で来てるんだからさ。最初から別行動じゃ寂しいでしょ？　それで、何してたの？」

「あの、お風呂みたいに気持ちいいなって」

僕の答えを聞いた日向さんは、えくぼをつくりながら笑みを浮かべた。

なんでそんなに、嬉しそうなんだろう？

「向日葵畑をお風呂に例えちゃうの？　面白いね！」

「心臓のおかげでね。長く浸かるのは禁止されてたから。だから憧れてるのかな」

「ええ！　じゃあもしかして、温泉とか行ったことない感じ!?」

そこなのか。でも、こういうツッコミはいい。

変な気の遣われ方をしてない、一人の人間として認められてる気がする。

「ないよ。胸より深く浸かるのも避けた方がいいし。温泉施設とかって深い所あるらしいから。家のお風呂も基本、半身浴だし」

「なるほどね……。じゃあ、浅ければいけるんだ？」

「まぁ、多分」

「へぇ～。あ、向日葵を見てよ！　ほら、顔の高さまであるよ。撮らないの？」

向日葵に顔を寄せ、いつでも撮ってと言わんばかりにポーズを決めてきた。

撮らないけどね。

本当にマイペースで、元気に明るく笑う人だな。

向日葵に負けないぐらいの生命力を感じる。

「せっかくこれだけ広い向日葵畑なんだから、一本の向日葵だけを撮らないよ。それに向日葵は、遠くから撮る方が絵になるし」

「ん〜、そっか。近づいてみることで分かる魅力も、一杯あるんだけどなぁ」

向日葵をクンクンと嗅《か》ぎながら、日向さんは残念そうに呟いた。

「確かにそうかもね。ここで撮り終えたら、僕は見晴らし台に行くよ」

「ん、了解」

そのまま僕は、スマホを取り出し撮って回った。

黒くて絵にならない土は撮らない。

緑の茎《くき》より上、なるべく多くの黄色い大輪と空、そして森を写すことに集中していたら――。

「……何してんの」

「また人間、撮っちゃったね。盗撮魔！」

撮った後に写真を確認して気がついた。向日葵と向日葵の間に、いたずらっ子みたいに笑う女の子の顔があることに。

「……これは事故だよ。気がつかずに、向日葵に紛れ込んでただけ」

「そ、そんなに私って、向日葵みたいなのかな。よ、耀君は、太陽みたいかもしれないなって、思うけど！」

「あ、そう。これだけ向日葵が多いんだから、細かいとこにまで目がいかないのは仕方ないよ」

なぜか少し戸惑っている様子の日向さんに、僕は何気なく返す。

「……私たちが、向日葵と太陽みたいってとこをスルーは、切ないなぁ」

「だって明らかに、僕は太陽なんかじゃないでしょ。そろそろ僕は見晴らし台から写真撮ってくるけど、どうする？」

歩きながらそう聞くと、彼女は一瞬よろめいた。

すぐにトットッと体勢を立て直しているけど……。土に足でも取られたのかな？

少し恥ずかしいのか、片手で顔を覆い隠しているようだ。

「ん……。もうちょっと、下で遊んでから合流しようかな」

「了解」

答えを聞いた僕は身を翻し、撮った写真を確認しながら設置された見晴らし台まで歩いていく。

ここまでは我ながら、どれも綺麗に撮れた。

向日葵だけでなく、空をぷかぷか流れる雲もいい味を出してる気がする。

「あとは、高い所から一面に写る向日葵畑を撮れれば満足だな」

少しだけワクワクしながら、見晴らし台への階段を上っていく。

カンカンという金属音が、気分をより高めてくれた。

高い場所に上ると、より風を感じる。

スマホをかざして構図を考え調整している間、ずっと心地よかった。

「うん、上から撮った景色も、太陽の方を向く大量の向日葵も最高だ」

カメラロールをスクロールして、撮った写真を見比べていく。

「どれが一番いいかな」

「私が写ってる写真が一番じゃない？」

スマホを覗き込んでる僕の隣から、鈴を転がしたような声が聞こえてきた。

「……日向さんはさ、僕を驚かすのが趣味なの？」

脳に届いたのが日向さんの声だと認識した瞬間、身体がふわふわとした。

心臓が止まったかと思ったよ。

「そんなことないって。さっきからいたのに、全然気がついてくれないんだもん」

「それは、ごめん。ちょっと集中してた。でも、その分いい写真が撮れたよ」

スマホを差し出す。日向さんは、今日撮った写真をスライドしていき、そして満面の笑みで――。

「うん、今回もすっごく綺麗だね」

とだけ言って、スマホを返してきた。

「……そっか。また、ダメか」

「ダメじゃないよ？　私、耀君の写真のファン第一号を自称してるし！」

「嘘つき。僕の写真、一度だって好きって言ったことないクセに」

「今、好きとも嫌いとも言えないのはそうだけど、嘘じゃないんだよなぁ。なんて言えばいいかなぁ」

僕がそう言うと、日向さんは少し悩んでから、パッと笑みを浮かべた。

「ファンってさ、この上なく今、好きだからだけじゃないんだよ？」

「どういうこと？」

好きだからファン。応援したいからファンになる。そういうものじゃないのか？

「期待だよ！　この先に期待しているから、ファンになることもあるの。そういう意味で、私は耀君のファン第一号で、世界一の大ファンなんだよ！」

そういうもの、なのかな？

何となく、言われれば分からなくもないけど……。

僕では、日向さんの言動を全く読めない。

「……ごめんね。僕には、日向さんの出した『深みのある解像度』って問いの答え、分からないかもしれない」

「諦めるのは、まだ早いよ。ちゃんとヒントも出していくし。それに今回は、惜しいとこいってたよ」

「どこが惜しかったのかは、教えてくれないの？」

「ん〜、それはまだ秘密かな！　耀君がどうしても降参《こうさん》って時には、ちゃんと回答を教えるよ？」

本当に彼女は、僕をあおるのが上手いな。

それなら、自力で頑張ろうと思っちゃうじゃないか。

「……ねぇ、もしも、だからね？　怒らないで聞いてくれる？」

「分かった。どうしたの？」

「耀君さ、私を——向日葵みたいって言ってくれたよね？」

「あ、ああ。うん」

花言葉も知らずに言って、恥ずかしい思いをしたっけ。

「もしも、さ。何かの奇跡が起きて……耀君が、来年を迎えられたら。また、ここに来たいと思ってくれる？」

「……うん。もしも奇跡が起きたなら、来たいよ」

「来るって、約束してくれる？」

「もしもあったなら、約束するよ。……あ、別に日向さんと、向日葵を重ねてるからじゃないからね？　単に、いい写真が撮れそうな場所だからだよ？」

慌てるように付け足した僕を見て、日向さんは不安そうだった表情を一変。

ニカッと、悪戯っぽい笑みを受かべた。

「そっか、そっか！　よ～し！　それじゃ、そろそろ帰ろっか！」

日向さんが見晴らし台から下りようと僕から視線を外した。

せめてもの意地だ。僕は大股《おおまた》で日向さんを追い抜いて一歩先にカンカンと階段を下りていく。

彼女は今日、土に足を取られてたし、階段でも足を踏み外すかもしれない。

もし日向さんが階段で滑ったら、落ちないように支えて、からかい返してやろう。

「耀君、私がもし階段を踏みはずした時のために備えてくれてるの？　紳士だね！」

日向さんは、目を細めて笑いかけてくる。

そういうことは言わないから格好がつくのに。……言われたら恥ずかしいじゃん。

やっぱり日向さんには、敵わない。

僕は返事をせず、顔をしかめながら階段を下りていった。

そうして、三回目の旅も終わった――。

疲れが抜け切らない翌週初めの学食。

今日も三人と食事をすることになり、長テーブルの端っこという、出入りに便利な場所を陣取った。

僕は二人にも旅の報告がてら、写真をそれとなく見せた。

僕の隣に座る川崎君、斜め前に座る樋口さんにも、キチンと見えやすいようにスマホを置いて写真をスライドしていく。

決して、またもSNSに上げた写真が無反応だったことにイライラしたからじゃない。

「へ～綺麗じゃん！　いいなぁ、向日葵」

「だな。俺もこんなとこ行きてぇわ」

二人の感想はそれだけで、すぐに旅の会話に流れてしまった。

顔の力が一気に抜ける。分かりにくいかもしれないけど、無表情になったと思う。

日向さんと同じ、やっぱり僕の写真は綺麗という印象しか与えられなくて、ガクッと脱力してしまった。

そっと会話を邪魔しないように、テーブルの上に置かれたスマホをしまう。

目の前で楽しげに見つめてくる日向さんの顔が映った。

彼女の向ける笑みが挑発的に見える……。

悔しい、絶対にいい反応がもらえる感動的な写真を撮ってみせる。

改めて、僕の闘志に火がついた。

「そういや、夏休みの予定は？　ウチは塾の夏期講習に申し込んでるけど、皆は？」

「俺もだな。もう受験生だし。夏から全力でやっとけって、親もうるせぇから」

樋口さんと川崎君は面倒くさそうに背もたれに寄りかかりながら言った。

もう本格的に大学受験モードになる三年生だからな。大学進学を考えている人や親からしたら、夏休みを遊んで過ごすわけにはいかないんだろう。

「僕は……何もないかな。どうせ余命的に、進学も卒業も、できるか分からないし」

僕の心臓は今年を乗り越え、来年を迎えられないだろうと告げられている。

皆と同じようにいかないのは……仕方のないことだ。

「あ……、ごめん」

どう反応していいか分からなかったのか、樋口さんと川崎君が視線を逸らす。

また暗い雰囲気をつくってしまった。

どうして僕は、こうなのかな……。

「あのさ、ウチらとも遊んでよ。夏期講習も空いてる日とかあるし、夜とかにもさ」

「そうだよ、花火とか、何かしたくね？」

不自然な笑みを浮かべながら提案してくる二人。

無理をさせて、心から申し訳なくなった。

僕も笑顔をつくって何か返そうとすると――。

「それ、いいね。私も夏期講習とかないから、誘ってよ！」

正面に座る日向さんが笑いながら言う。

僕は驚いて目を剥いた。場の空気も一瞬、止まる。

「え？　マジでか、夏葵も夏期講習受けない感じなん？」

「うん、受けない感じだよ」

「マジか。あんま受験とか厳しくねぇ親なんだな。――って待てよ。もしかして、夏休みも二人で旅行くんか!?」

「もっちろん！　実はね、もうプランは練ってあるんだ」

本当に楽しげに言う日向さん。

そんな表情から何かを察したのか、樋口さんが動揺している。

「ちょっと待って、夏葵。もしかしてだけど、泊まりじゃないよね？」

「え〜、どうだろね？」

テーブルに肘をついて、樋口さんがした問いへの答えをにごした。

やめて、お願い。川崎君の目が見開いてる。冗談になってないから。

「望月、俺は……お前を信じてるからな。いや、フラれた俺が口出すことじゃねぇけどよ、その」

僕の耳元で囁く川崎君の声は、ちょっと掠《かす》れていた。

そこで、日向さんを信じてると言わないあたり、彼女なら何かをやりかねないと思っているんだろうな。

「あ、耀君。もしかして、期待してる？」

「全くしてない」

「全くは嘘だろ⁉」

「望月、夏葵を大切にしなきゃダメだよ」

力なく笑う樋口さんは、どんな心情なんだろう。

相変わらず進展がなく、貴重な高校の夏休みが過ぎていくのが哀しいのか。

未だに未練がありそうな川崎君を見るのが辛いのか。

人の心はモノクロ印刷かカラー印刷か、白か黒かのように二択じゃない。

だからこそ、難しい。

僕は寿命が来るまで、この丁度いい関係が壊れるような台風が来ないことを祈るだけだ——。

三章　知らなかった世界に殴られ

「お寺、おっきいね。川越にこんな場所があったんだね」

右手に水の入った手桶《ておけ》、左手にスポンジなどが入ったバケツを持つ僕の横で、カラコロと下駄《げた》を鳴らして歩くのは日向さんだ。

「そうだよ。うちの先祖は代々、川越市内で生きてきたらしいから、お墓は市内なんだ。僕のおじいちゃんやおばあちゃんも、ここで眠ってる。まぁ、ちょっと家からは遠いけど」

隣を歩く日向さんは浴衣《ゆかた》を着ている。

薄いオレンジとイエローのストライプ生地に黄緑色の帯を巻いた姿だ。

正直、もの凄く似合っている。

吸い込むだけで喉を焼く夏の空気を吹き飛ばす涼やかさ。

それに見るだけで明るくなる華やかさを兼ねそなえているように感じる。

あちこちから鳴り響くセミの鳴き声すら、彼女の浴衣姿を引き立たせているBGMのようだ。

「川越は観光地が多いからかな。駅前だったり蔵造りの町並みとか、観光客が来るような場所には、お墓ないもんね」

「そりゃそうでしょう。有名人ならともかく、どこの誰かも知らない人のお墓なんて皆、行きたくないよ」

気分転換でお寺に行きたいなら、喜多院《きた》とか有名な所を選ぶだろうしな。

「そういうもんかな。日向家もね、川越市内にお墓があるんだよ」

「へぇ。というか、自分の家のお墓参りは？　人の家のお墓に来てて、いいの？」

「家のお墓参りは、もうしたよ。耀君が花火大会行く前にお墓を綺麗にしたいって言うんだもん。掃除ってさ、せっかくなら誰かと一緒にしたいじゃん？」

「どういうことなの、それ……」

そう。今日は花火大会へと行くことになった。ちなみに、イレギュラーだし撮影目的じゃないから、月一の旅にはカウントしないらしい。

場所は以前、ポピー畑を見に行った鴻巣市だ。

昨夜メッセージで
『鴻巣の花火大会がね、今年は特別に八月にやるんだって！　世界一の四尺玉《よんしゃくだま》を見に行こうよ！』

と送られてきたことから、この流れは始まった。

例年では十月中旬に行われるそうだが、日向さんが言うには今年は事情があって日程が大幅に変わったらしい。

「お墓の掃除をしたいからって花火を断ったら、『私も掃除するから行こう』とかごねるし」

「だってさ、花火大会は夜からなんだよ。お昼に掃除するなら、断らなくてもいいじゃん。私も手伝えば早く終わるし」

「おかげで、僕まで浴衣を着せられるはめになったんだけど。というか、なんで先に僕の親に話つけてるの。浴衣なんて家になかったはずなんだけど」

「耀君のお母さんとも仲良しだから。似合ってるよ、紺色の浴衣」

そんな柔らかい笑みを浮かべて、素直に褒められてもなぁ。

戸惑いの方が大きいよ。

「母さんが通販で買ってくれたらしいんだけどね。日向さんと花火行くなら格好つけろって。何日前に連絡取ってたの？」

「それはね、秘密！」

秘密の多い人だな。なぜ僕にここまでしてくれるのか、それも秘密と言っていた。

彼女からは悪意を感じない。

多分だけど、今の秘密癖のある姿が日向さん本来の性格なんだろう。

「耀君はなんで一人でお墓掃除しようって思ったのかな。普通、親族とかでやるんじゃないの？」

僕のおじいちゃんや、おばあちゃんが眠っている墓に着き、僕たちは掃除用具を下ろした。

まずはお墓に手を合わせながら目をつむり、それから日向さんの問いに答える。

安らかに眠る墓所でうるさくしないよう、静かな声で。

「お墓に引っ越しする前に、ちゃんと挨拶をしたかったんだ。ウチだけじゃなくて、隣のお墓も掃除させてもらおうと思ってるんだ」

「引っ越し……そっか。余命、近づいてるんだったね……」

先程までの弾んだ声音とは違う。セミが鳴く中に消えいりそうな程に弱々しい。

しんみりさせちゃって、申し訳ないな。

「誰でもいつ亡くなるか分からないんだ。僕は目安がついてる分、頑張りやすい。そう思えるようになってきたよ。ゴールの分からないマラソンより、ゴールが分かるマラソンの方がペース配分できるらしいし」

「それは、確かにそうだけど」

「僕は、ちょっと前まで生まれてきたことを恨んでた。でも日向さんや二人の友達ができて、今は神様に感謝してるんだ」

「……すぐに終わるみたいに言わないでよ。もっと長く、一緒に楽しもうよ」

「……ごめん、お墓に来ると、しんみりしちゃうね。じゃあ、一緒に掃除を手伝ってくれる？」

「うん！　入居はなるべく先にってお願いするけど、ピッカピカにするよ！　耀君のご先祖様に、私と巡り会わせてくれてありがとうって伝えるから！」

元気一杯に掃除用具を取り出す日向さんが墓所にいるのは不釣り合いに感じて、思わず苦笑してしまう。でも、ご先祖様だってこういう人を見て笑顔をもらえるかもしれない。僕みたいに。

心を込めて掃除をして、お線香を焚《た》いて手を合わせた。

なるべく、入居時期は先になりますように。

ご先祖様への感謝と同時に、そう祈りながら——。


川越駅からバスに乗り、鴻巣へと再びやって来た。

ポピー畑と違い、会場までは駅から徒歩で二十分ぐらい歩くらしい。どっちに行けばいいのか分からなくて少し戸惑ったけど、浴衣を着て歩く人たちについていけば間違いないだろう。

カランコロンと耳通りよく響く下駄の音が、僕らをこっちだよと誘導してくれる。

「会場ってね、この間ポピー畑があった川沿いなんだってさ。打ち上げ場所はサバンナみたいって言ってた場所らへんなんだって」

「へぇ。確かに、あの辺なら近所迷惑とかも、そんなになさそうだね。植物ぐらいしかなかったし」

「なんであそこで打ち上げるのか、もっと気にならない？」

「あんまり。それより、楽しみなんだ。世界一大きな花火らしいからね。どんな写真を撮ろうか、どうしたら一番よく撮れるかなって。さっきから一生懸命考えてる」

スマホでカメラ画面を開きながら答え、横を見ると——日向さんは不満そうに口元を歪めていた。

「もう……。まぁ、一生懸命なのはいいけどさ」

僕が写真を撮ることを、日向さんは応援してくれている。

でも一緒にいるのにスマホばっかりイジっているのはやっぱり失礼だし、彼女も楽しくないから不機嫌にもなるんだろう。

今回は撮影旅とはノーカウントって言ってたし、撮影する時以外にスマホをイジるのは抑えよう。

「ごめん、この土手を上がった先なのかな？」

「多分ね！　楽しみだなぁ～。よし、先に見ちゃうね！」

止める間もなく、中学校の屋根が下に見える程に高い斜面を駆け上がっていく。

浴衣が乱れないよう小股《こまた》で走る彼女の元気さが微笑ましい。

「——耀君、早く早く！　心臓に負担かからない範囲で早く！」

身体へ配慮しながらも急げ……そんな無理難題に応えられるよう、早足で彼女の後を追う。心拍数が速くて少し息切れするが――。

「……凄い」

高い土手の上から見えたのは、斜面に座る色とりどりの浴衣に身を包んだ人々。

そして先日も目にした身長よりも高い雑草だ。

そんな世界を、夕陽が茜色《あかねいろ》をのせて彩っている。

「幻想的な光景だ……」

思わず写真を撮る。これは……絶対いい写真になっているはずだ。

「ね、凄いよね！　私たちも場所取らないと、座る場所がなくなっちゃうよ！」

「この人の波は、どこまで続いてるんだろうね」

土手上にあるコンクリートの路面は、ずっと先まで人が歩いている。

時々、空いたスペースを見つけては、斜面を転ばないように降りてビニールシートを敷いている人がいる。

僕たちも他の人のように場所を探して、なんとか見えやすい位置を取ることができた。

僕らが花火に行くと聞いて、ビニールシートとかを渡してくれた川崎君に感謝だ。

圧巻の光景や人混み、そして写真のことを隣に座る日向さんと話しているうちに、夕陽も沈んで暗くなった。

もうすぐ花火が打ち上がる時刻だというのが、他の人たちのテンションが高い会話から聞こえてくる。

「もう、そんな時間か」

シャッターチャンスを絶対に逃さない。

いい写真を、人の心を動かせるような写真を……絶対に撮ってみせる。

「――来た！」

日向さんが声を上げると同時にボンッという音が耳に響き、夜空で一発の花火が弾けて、散っていく。それから次々と暗かった空に色が灯《とも》っては消える。

余韻《よいん》を残しながら火花が薄くなり、闇にのまれていく。

息をのむように美しい光景だ。でも、ゆったりしている暇がない程に次々と花火が何もなかった夜空を染め上げる。

大地から噴き出す花火が空を照らしたかと思うと、柳のようにゆったり大地の火と合流する。闇夜が、何通りにも輝いていく。

赤、青、緑、オレンジと、まるでキャンバスが色彩豊かに染められていくようだ。

どこからどう飛び出すかも予想できない花火に、慌てて何度もシャッターボタンを押す。

「凄い、すっごい綺麗！　わわ、今度はあっちから来たよ！」

無邪気に楽しむ日向さんに対して、僕はスマホを次々と動かして撮影していく。

頭の中で構図を瞬時に考えて、なるべく花火の迫力が魅力的に写るように、と。

一瞬たりとも気が抜けない、真剣に撮らないと！

「アナウンス聞いた⁉　次がグランドフィナーレ、鳳凰乱舞《ほうおうらんぶ》だって！　四尺玉もくるよ！」

「え、本当に⁉　もう終わりなんて……！」

一万五千発上がるという花火だけど、体感ではあっという間だ。

汗でスマホが滑る。もう一度ギュッと握り直して、空が光る瞬間を待ち構える。

今は何色にも染まっていない黒。

ここからどう染まるのか、無限の可能性に満ちている月夜だ。

どんな素晴らしいものを見せてくれるのか、待ち望まずにはいられない。

ドンドンドンッと六発程の花火が打ち上がっては散り、次にもう数発の花火が夜空を照らす。

そうすると前に爆発した花火の煙が見えて、それすら何だか趣《おもむき》がある。

そんな打ち上げが何分か続き、

「なんというか……鳳凰乱舞って名前の割には、地味なような」

「——あ、来た来た！　来たよ！」

「えっ？」

興奮した日向さんが声を上げて、思わず横顔を見てしまう。

すると突然、暗くて分かりにくかった彼女の顔が照らされてハッキリ視覚できた。

パッと現れた花のような彼女に心を奪われそうになるが——雪崩《なだれ》のようにドドドッと響く音にハッとなり夜空を見上げると。

「空が……一面、染まってる。次々と」

「うん！　バンバン来るよ、踊ってるみたい！」

一心不乱に写真を撮るが、花火は止まってくれない。

一番撮りたい場面を考えた時にはもう既に違う彩りが浮かんでいる。

「あ……」

空を埋め尽くす程の大きな花火が数発上がり、柳の葉のように垂れて地面に下りていく。まばらな拍手と共に、空から灯《あか》りが消えた。

「終わっちゃった……？」

自分が発した声とは思えない程、もの悲しさが滲み出ているような声だった。

こんな声が出るなんてと戸惑っていると——。

「まだだよ！　気を抜かない！」

日向さんの声に夜闇を見ると——ロケットのように天高く上っていくの光があった。

会場全体が息をのんで、その行方を見守り——。

空から大地まで届くような、大輪の花が咲いた。

「これは、確かに凄い……！」

これが世界一大きな四尺玉か。

大歓声と拍手の中で、僕もスマホを構えていると、内臓がズシンと揺れた。

「凄い音圧と迫力だね！」

「音圧……あれが!?」

一瞬、自分の心臓に何か起きたのかと思ったよ。

ドンッという衝撃が身体中から襲ってきて、内臓全体をビリビリと揺らした。

会場の人たちも嬉しそうに笑い、拍手をしている。

「耀君、鴻巣の花火はどうだった!?」

「凄かった。……本当に、びっくりした。こんな近くで花火大会を見たのなんて、初めてだったし」

「そうなの!?　それは無理矢理にでも連れてきてよかったなぁ！」

嬉しそうに笑う浴衣姿の彼女を見た瞬間、妙に胸がどきどきとした。

花火が終わって、今さら思い出したように心臓が驚いたのかな？

「うん。今も……余韻でしばらく動きたくないなとか、思うし」

「それは分かるよ！　それじゃ、次のバスで帰る？」

「うん、そうしたい。ごめんね、待たせて」

小動物のように快活な彼女なら、人混みだろうとスイスイ抜けていくだろうに。

こんな時まで僕に付き合わせるのが、やっぱり申し訳ない。

「いいんだよ！　私も耀君が撮った花火を見せてもらいたいし！」

「じゃあ、一緒に見返そうか」

少しだけ涼やかで心地良い風に、鼻をつく煙のにおいがする中、スマホの写真フォルダを開く。

日向さんと一緒にスマホ画面を見つめながら一枚ずつ見返し、整理していく。

中には花火がほとんど散った後のような写真も混じっていた。

これは消そう、これは残そうと選別していき、最後に四尺玉の写真を見た後、日向さんは僕の顔へ真剣な眼差しを向けてきた。

「いい写真は撮れた？　――私が聞いた『深みのある解像度』の答えは分かった？」

「……悔しいけど、この写真を見返していて思った。僕は美しい花火を、最大の魅力で撮ってあげられなかったよ。これなら動画の方がいい。僕の力不足だ……。実物のような迫力も、ワクワク感もない写真だ」

「そっか。……綺麗な写真だけどね？」

「――もしかして、だけどさ。僕が撮る写真には躍動感《やくどうかん》みたいな……。風の吹いた瞬間を撮ったり、弾けて一番綺麗な瞬間を撮ったりする力が足りないのかな？　いつも止まってるものを撮ってたし」

僕なりに一生懸命考え、自分の撮った写真の反省から絞り出した答えだ。

「あ～、いいね！　なるほど。私が出した問いの答えとは違うけど、それが撮れたら面白そうだよね！」

違ったようだ。一気に力が抜ける。

僕はどうしたら、いい写真が撮れるんだろう。

日向さんが出している問いの答えって一体、何なんだろう。

「耀君、もう降参かな？　実は私、かなりヒントを出してたんだけどな？」

「……まだ、諦めたくない。写真だけは、妥協したくないんだ」

あおるような日向さんの声へ、僕はすぐに返事をした。

いい写真を撮ることだけは譲りたくない。

写真に関して素人の日向さんの言うことを聞いて、本当に撮影が上手くいくとは限らない。

でも、今までの写真たちはSNSでも反応がないし、花火の魅力も引き出せなかった。

どうしたらいいか分からないけど、わずかでも上手くいく可能性があるなら……。

彼女の求める答えがいい写真に近づく可能性があるのなら、僕はそれを信じたい。

「……うん、分かった。じゃあさ、次の旅はもう一回、熱海に行こっか！」

「え？ もう一回？」

「そう。新しい場所に挑むんじゃなくて、もう一度、同じ場所で見直すのはどうかな？ ……その方が、分かりやすいヒントだと思うし」

花火大会も終わり、人が少なくなった暗い会場。そんな中では、日向さんの表情もよく見えない。だけど僕は、ゆっくりと深く頷いた。

四ヶ月ぶりの熱海で、再試験を受けることになった――。

肌をジリジリと焦《こ》がすような、八月中旬。鴻巣の花火大会からまだ数日後の昼。

僕たちは再び熱海の地へ来ていた。

多分だけど、日向さんが熱海にもう一度行こうと言ったのには理由があるはずだ。

気合いも入るってもんだ。

「今日こそは日向さんの言う、『深みのある解像度』の答えを当ててみせるよ」

「おっ。いいね、やる気あるね！ ちなみに、前回と同じ浜辺に来たのは、どういうプラン？」

「リベンジと、前にここで撮った写真で十点はもらえたから。もう一度見ることで掴めるものもある。……多分だけど日向さんは、僕にそう伝えたかったんじゃない？」

「それは、まだ言えないなぁ〜。答えは知ってほしいけど、耀君は悩むことで成長してるのかもって思うし」

悪戯っぽく笑う日向さんは、答えをくれない。

もっと悩めと、楽しそうに僕へ試練を与えてくる。

確かに、こういうものだと一方的に言われても、すんなり納得できる自信ない。

写真に関することは、特に。

悩むことで成長するってのも、本当にその通りだと思う。

「だから、できれば自力で答えを見つけてほしいの。それに花火が終わった後に話してくれた躍動感みたいに、素人の私なんかじゃ思いつかないような、素敵な改善点も見つかるかもじゃん？」

素敵な改善点と言われて思わず小さくガッツポーズをしてしまった僕は、相当に行き詰まっている。

寝ても覚めても、どうすればいい写真を撮れるかと悩みに悩んで、やっと綺麗だね以外の感想をもらえた。

ＳＮＳにはまだ反応がないけど、いい写真に近づいているのかもしれない。

「そんじゃ、また私はお散歩して色んな風景を見てくるね」

「あ、待って」

背を向けて、どこかへ行こうとしている日向さんを止め、僕は自販機で冷たい飲み物を買う。

思えば、心臓病で水分の摂取を制限されていたから、僕が自販機で飲み物を買うなんて初めてだ。

「はい、これ。……さっき足下ふらついてる時があったよ。暑さに弱いんでしょ？」

「あちゃあ……。バレてたか。いいの？　おごってくれちゃうの？」

「うん。水分補給は、大切らしいから」

「……ありがとう。ありがとね、耀君」

日向さんは、気持ちよさそうに冷たい飲み物を頬に当てている。

なんというか、自然と頬が緩む。

初めて自販機で買う水分が日向さん用なことに、どこか心が満たされる。

「それじゃ、耀君。また帰り時間に間に合うよう集合ね！」

「分かった」

あまり帰宅が遅くなっても親に迷惑をかけてしまう。

前回と同じぐらいの時間に帰れるよう、帰りの電車時刻も決めておいた。

その時間まで、たっぷりと撮るぞ。

歩道を歩いてどこかへ消えていく日向さんの背を見送りながら、僕は砂浜に視線を向ける。

夏の砂浜、観光客で一杯だ。波は前よりも穏やか、かな。

ここで素直に僕が感じた心は……人が構図的に邪魔だなということだけど。

でも、そうじゃない。いい写真を撮るために、もっと考えるんだ。

真夏の堤防の上に汗がしたたり落ちていく程に考える。

何を考えて撮りたいか。どうすればいい写真になって、人が笑ってくれるのか。

海を見つめ、肌が痛い程に焼かれても、ずっと考え続けた。

「……例えば日向さんや川崎君、樋口さんにどんな写真を撮って見せたいかって、そう考えたらどうだろう？」

海を眺めながら、ハッと気がついた。

誰かの心をとか、大きすぎる目線じゃなくて、友達ならどういうものを喜ぶか。

もっと狭いところを見ていけば、何か違う気づきもあるかもしれない。

そうだ。僕が小学生の時に風景写真で感動したのは、自分が見たいと願っていたものだったからだ。

日向さんは、直接この風景を見ている。なら、自分では見えないものとして……。

海の中とか？　そういえば、日向さんは最初から海で泳ぎたがってたしな。

塩水でスマホがダメにならないように、コンビニへ透明なジップパックを買いに行った。

両親から買ってもらった大切なスマホを握りながらパックを被せ、海水に濡れないようそっと浸ける。

ちゃぷちゃぷと揺れる波に合わせて自分の手も上下させ、海中を撮影してみた。

「……にごってて、なんにも見えない。これはダメだ、消そう」

撮影した写真は海中の泥《どろ》で何も見えなかった。

知らない人が見たら、これは何を撮った写真なのかすらも判断できないだろう。

早くも日向さんのために、何をどう撮ればいいのか分からなくなった。

いったん、日向さんへの写真という考えはおいておこう。

川崎君、樋口さんなら、どうだろう？

二人はこういう景色を見ながら遊んだり、散歩したりが好きそうだ。

だったら、観光ガイドを作るように、楽しそうな場所を撮ってみようかな。

熱海は海だけでなく、山もある。自然のレジャーを探してみるのもいい。

二人が喜ぶかもって考えると、僕の撮りたいものが具体的になってきた気がした――。

「──耀君、靴も顔も泥だらけだけど……どうしたの？」

「レジャーになりそうな自然を探して、森に入ってきた」

「息まで切らして……身体は平気なの？」

「多分、大丈夫」

はぁはぁと荒く息をしている僕を堤防の上で合流した日向さんが心配してくれる。

ただでさえ坂も多かったのに、自然の中を歩くのはキツい。

急な坂道は避けて慎重に進んだけど……。

それでも心臓への負荷は、強かったみたいだ。

だけど今は僕の身体より、写真を採点してほしい。

スマホを取り出し、遊べそうな森のツタやテトラポッドを撮った写真をディスプレイに映す。

「この写真、どう思う？」

「ん～、ツタとテトラポッドだなって……。なんでこの写真を撮ろうと思ったの？」

ツタがカーテンのように、テトラポッドが規則的に美しく並ぶ風景を撮った写真を見て、日向さんは小首を傾げた。

「まずは『誰かの心を』なんて、あいまいなものじゃなくてさ、身近な人が喜んでくれそうな写真を撮ることとかな……とか、考えたんだ」

「なるほど、いいことだよね！」

「だから、活発な川崎君とか樋口さんが遊びたがりそうな風景の写真を撮ってみた」

「そっかぁ。……それなら、二人に送ってあげるといいんじゃないかな？　多分、二人の反応で分かると思うよ？」

　言われた通り僕は二人に写真つきでメッセージを送った。

　二人が特に好きそうな写真を厳選して。

　返事はすぐに来た。丁度、夏期講習の休憩時間だったのかな。

『スゲぇいい写真だな。旅の報告、サンキュー。夏葵と楽しくやれよ。来週あたり休みがありそうだから、遊ぼうぜ』

『なんでツタとテトラポッドなん？　でも、夏休みも楽しそうでよかったよ。ウチらは二人して塾にこもってるからさ、四人でも行けたらいいね』

　川崎君と樋口さんからの返事を見て、僕はしばし動けなかった。

「二人からの返事、どうだった？」

「……僕が間違ってたと分かった。というか、冷静になって見返したら……恥ずかしくなってきたよ。僕、完全に迷走してるね」

「やっぱりかぁ……」

　苦笑を浮かべながら、日向さんはカリカリと頭を掻いていた。

「ちなみに、『深みのある解像度』を、どんな意味だと考えて今日は撮ったのかな？」

「キーになるのは、人と心じゃないかなって予想したんだよ……。前回、ここで人が写り込んだ写真で十点は、もらえたわけだし。向日葵畑で日向さんが混入してた時も、いい反応だったしさ」

「ほうほう！　それで？」

日向さんは嬉しそうに、声を弾ませている。

この考えは、間違ってないのかな？

「風景って、目に映る自然な様子とか眺めのことを指すよね？　だったら人そのものじゃなくて、撮る人がどんな気持ちでその風景を見ているのか、それをフレーム内に収めることが大切なんじゃないかって思ったんだ」

「なるほど、なるほどね！」

「正解……だった？」

自信なく覗きながら尋ねる。

視線を斜め上に向けた日向さんの横を見つめると、なぜか心臓の鼓動が速くなった。

「迷走はしてたけど……考え方としては少しだけ、私の考える答えに近かったよ。心を考えるって、大事だと思うし。今回はだいたい、四十点ぐらいかな？」

「三十点も上がった……。でも、赤点だよね……」

思わずその場に蹲ってしまう。

勢い余って膝に当たった顔の骨が痛いし、肌についていた汗と脂《あぶら》がヌルッとして気持ちが悪い。

恥ずかしくて顔を上げられない。

いよいよ、どうすればいいのか全く分からなくなってきた。

自分に腹が立つ。少しだけ前向きになれていた心がまた、暗くなっていく。

やっぱり、僕には無理なんじゃないかって。また弱気になってしまう。

「……ね、耀君。次の旅なんだけどさ、こんなプランはどうかな？」

スッと日向さんがスマホのディスプレイを差し出してきた気配を感じて、僕はゆっくりと顔を上げる。

『箱根』という文字がまず第一に目に入った。

神奈川県の箱根といえば、温泉が有名だ。

観光スポットとしても有名な自然があると、何かで見たことがある。「いいんじゃないかな」と返事をしようとして、言葉が止まった。

「――一泊二日……。これ、宿の予約画面？」

「そう。泊まり込みで、答えを集中的に探さない？　私たちなりの夏期講習みたいな……ね？」

少し恥ずかしそうに微笑みながら、日向さんが言う。

え、同級生の女の子と一泊旅行？

「いやいや、それはダメでしょ」

「あ、ちなみに日向家の両親と、耀君のご両親の許可は取ってあります」

親の許可済みで女の子と宿泊旅行って何？　というか、なんで僕の両親はそういう大切なことを僕に話してくれないんだろう。

日向さんに関することを聞いてみても、ほとんど口をにごしてばかりだし。

「親の許可があっても……」

川崎君の顔が頭に浮かぶ。

いい写真を撮るの応援してくれてる二人に秘密にするのは悪い。

でも、二人で宿泊旅行だなんて……。友達に、どう説明すればいいんだ？

川崎君は、まだ日向さんへの未練を捨ててないように思う。

樋口さんも、こんな話を聞かされて、うろたえる川崎君を見たくはないだろう。

でも、いい写真は撮りたい。今までは日帰りで、大半は移動時間に使っていた。

たっぷり時間があって、日向さんが集中的に写真を撮るのに協力してくれると言うなら、それを逃さない手はないとも思う。

誠心誠意、下心はないと説明して……裏切らないようにするしかない、か。

「変なことは、考えないでよね？」

「え!? それ、いいよってことだよね!? やった！ じゃあ予約の確定ボタン押しちゃうよ？」

妙にいそいそとディスプレイを隠そうとしている。何だか怪しい。

僕は「ちょっと待って」と彼女の腕を握り、ディスプレイを覗き込む。

「ダブル……？ ダブルベッドって、シングルベッド二つ分の大きさってことだよね。――これ、もしかして二人で同じベッドで寝るってこと!?」

「あちゃあ……バレちゃったか。残念」

「いや、残念って……！ こんなこと、親が許可したの!?」

「いやぁ、ここまでは話してないかなぁ。……二人だけの秘密とか、どう？ ……私も、焦っててさ」

日向さんが、焦ってる？

僕が未だに、いい写真を撮れないから、夜通しでレクチャーしてくれようとしてるのか？

いや！ だとしても、だよ！

「そんな首を傾げながら聞いてきてもダメだよ！ 無理、この話はなかったことにしよう」

「待って！　分かった、分かったよ、ツイン部屋にするから！」

「それ、結局は同じ部屋じゃないか！　付き合ってもない高校生がそんなの、絶対にダメだってば！」

同じ部屋ってとこが一番の問題なのに！

なんで妥協した感を出せるんだ。

「こ、これでも勇気を振り絞ってるんだよ⁉」

「絶対に勇気の使い道を間違えてるよ！」

「間違えてないの！　後悔したくないの！」

なんでそんなに粘《ねば》るのかな⁉

「それなら、中止だね。残念だけど」

「ごめん！　分かったから、中止はダメ！　もう……。頑張ったのに」

中止だと言う僕に、拗ねた目を向け抗議してくる日向さんが、根負けしたようだ。

日向さんに勝ったの、何気に初めてじゃないかな？

結局、何とかシングル二部屋のホテルを見つけて予約が完了した。

日程は夏休みが終わる本当にギリギリ。八月末だ。

これは九月分の前借りということになった。

何だか、凄く息と胸が苦しい。

もしかしたら、僕は日向さんに……。いや、それだけは絶対に心残りになる。

いい思い出だったなんて、割り切れないよ。

僕はこれ以上、考えるのをやめた。

改めて泊まりがけの旅を意識したのか、帰りの電車では日向さんと目が合っては逸らしてを繰り返した。

僕が救いを求めるように樋口さんへ状況を説明した相談のメッセージを送ると、

『家に帰ったら連絡して！　絶対に詳しい話を聞きに行く！』とのことだった――。


「――お、来た！　望月、お帰り！」

玄関前で樋口さんが待っていた。片手に参考書を持って。

自宅に着く予定の時刻をメッセージしたのは、ついさっきなんだけど……。

早すぎる気がする。

「ただいま？　えっと……早いね」

「電車乗ってるってメッセージで言ってたじゃん？　そんで到着予定時刻的に、そろそろかなって待ってたんよ！」

「えぇ……」

その行動力は、何なの……。ちょっと引いちゃった。

「引かないでよ！　こっちは毎日塾に缶詰で、刺激に飢《う》えてんの！」

「そ、そっか。それは……ごめん。とりあえず、上がってよ」

僕はポニーテールを揺らして荒ぶる樋口さんを自室へと招き入れることにした。

夜遅くに来てくれたし、僕もちょっと疲れてはいるけど、相談に乗ってほしいと言ったのは、こっちだから。

両親は、僕が友達を招待したいと言うと、とても喜んで許可してくれた。

「――んで、お泊まりってどういうこと!?　二人は付き合ったの!?」

「ちょ……！　違うから身を乗り出さないで、いくら何でも近い近い！」

机越しに座り、樋口さんは顔をグッと目の前に近づけてきた。

キラキラした目からは、面白くて仕方ないといった感情が伝わってくるなぁ。

「いやほら、ウチの恋愛相談には乗ってもらってたけどさ……。望月から相談って、初じゃん!?　なんか嬉しくってさ！」

「嬉しい、のか。そっか。ありがとう、助かるよ」

「そんで、相談内容は『夏葵が何を考えて一緒の部屋でのお泊まり旅を提案したか』だっけ？」

「うん。女の子の気持ちとか、分かんなくて。……ただの撮影旅なら、最初から別部屋でいいし。やっぱり、宿代を安くしたかったからなのかなって」

考えすぎて頭がぐるぐるしていたことを樋口さんに話してみる。

改めて口にしてみても、日向さんの考えが全く分からない。

そんな僕を見て——樋口さんが深く溜息をついた。

「え、何？」

「あんさぁ……。三人とか四人で同じ部屋ならまだ分かるけど、男女二人っきりでだよ？　そんなん、一つしか答えはないじゃん。——そんなん、好きな男じゃなきゃ無理だって」

「……それは、有り得ないでしょ。僕じゃあ、釣り合わないし……日向さんは、先の短い僕の撮影に、自分を犠牲《ぎせい》にしてまで協力してくれてるんだから」

そう、有り得ないし……。

恋愛感情なんて、一番よくない。心残りができてしまう。

そんなことは、日向さんだって分かっているはずだ。

「……望月」

値踏みするようにジッと僕の顔を眺めていた樋口さんが、優しい声音で口を開いて——。

「あんたの自己評価を、他の人もそう思ってると思わないでね」

「え……？」

「ウチも勇司も、夏葵だって、あんたといたいんよ。……望月は、今でもウチらといたくない？」

「それは……そんなことはない。今はむしろ、一緒にいたい」

最初は嫌だった。

でも皆と付き合っていく中で気持ちが変化していって……。

気がつけば、こうして困った時に頼りにしたくなるぐらいになっていた。

一緒にいたいと思うようになっている。

「そう、それが心の変化ってやつよ。ウチらだってさ、望月といて楽しいって感じるように変化した。夏葵の心が恋愛にまで変化しないって、決めつけらんなくない？」

「それは……。でも日向さんの周りには、もっと格好いい人とかいるし」

「自分に自信を持て！　――ってケツを蹴りとばしたいけど……。まぁ夏葵の気持ちは分かんないから。今はやめとく。実際、好きは好きでも、どういう好きなんかは、まだ分かんないからね」

ハァと息をつきながら、樋口さんは頭を抱えた。

「……お尻が守られてよかったよ」

「でもね、望月。これだけは言っとくよ。――本気で人を好きになるのは、理屈じゃないこともあんだよ」

実際に体感している樋口さんだからこそ、その言葉には重みがあった。

僕は樋口さんの助言を受け止めながらも、日向さんを信じることにした。

心残りになるような恋愛のためじゃなくて——いい写真を撮るのに、同じ部屋が効率的だったんだろうって——。


熱海から帰ってきた翌朝。

両親は夏休みなどなく、毎日朝早くから夜遅くまで働いている。

そんな中、自由な時間に起きられる自分はなんて恵まれているんだろう。

なんて親に依存しているんだろう……。

僕はいつも通り、撮り慣れている川沿いへ撮影に行こうとベッドから身を起こす。

「……まだ疲れてるのかな、心臓がバクバクする。身体が重い……」

昨日はSNSに写真を上げることもなく、少しシャワーを浴びてすぐに眠ってしまった。机の上に置いてあったスマホを見ると日向さんから
『おはよう。今日、何か予定ある？　もし撮影に行くなら、一緒に行こうよ』

と連絡がきていた。

顔ぐらい洗ってから、返事をしようかな。

そう思いスマホ片手に一階の洗面台まで下りてきて——僕は驚愕に目を見開いた。

鏡に映る自分の顔を目にした瞬間、言葉を失いかけた。

「……顔が、むくんでる？　いや、全身が？　全身がひどくむくんでる？　……これは、もしかして」

心臓が送る血液の循環《じゅんかん》が悪くなると、全身がひどくむくんでしまうことがある。

過去の経験から、これは無理をしていい状態ではないと分かる。

自分の顔を指で押すと、指の跡がへこんだまま戻らない。相当によくない状況だ。

病院でもらっている薬を飲んで身体の水分を出し、安静にしているしかない。

誘ってくれた日向さんに悪いとは思いつつも
『ごめん。今日は体調悪いから、撮影には行けない』

と返信をした。

顔を洗うより、まずは薬だ。

リビングまで歩いて薬がしまってある戸棚へとたどり着く。

薬を一粒手に取り、飲み込もうとして——。

「あぁ……。はぁ……はぁ……！」

あまりの息苦しさに、フローリングに突っ伏してしまう。まずい、これは本当に苦しい……。普段飲んでいる利尿剤《りにょうざい》のように、家で薬を飲んで安静にしていればよくなるという感じではない。

「タクシーを……。配車アプリを」

救急車を呼ぶと、朝から近所迷惑になってしまう。

タクシーの配車アプリを使えば今の住所と、目的地の病院を入力するだけで来てくれる。過去にも似た状況で、何度か利用した。

玄関まではいずりながら、何とか入力を完了する。

息を深く吸いたくても吸えない。

何かに邪魔されているように突っかかって、ほとんど息を吸い込めない、苦しい。

何とか靴だけでも履いて、玄関の外に出なくちゃ……。

壁を伝ってよじ登るように立ち上がり、ガチャリと戸を開けると――。

「――耀君、おは……え、何、その顔!?　大丈夫なの!?」

輪郭しか見えない程にぼやける視界は、見慣れたロングヘアーの女性を映した。

悲鳴のような声に、ドサリと荷物が落ちる鈍《にぶ》い音が聞こえた。

日向さんが訪ねてきたことに驚き、膝がガクッと折れて崩れそうになる。

「ねぇ！　しっかりして、救急車呼ばなきゃ！」

温もりが伝わってくる。

崩れないように日向さんが支えてくれたらしい。華奢《きゃしゃ》な彼女に重さを預けて申し訳ない。これ以上、迷惑はかけられない。僕は根性を振り絞って、足に力を込める。

「立てるの!?　無理しないで、横になりなよ！」

残念ながら、横になる方が辛いんだ。

座っていた方が、肺が下がって呼吸が楽になる。

ふらつきながら何とか、日向さんにタクシー配車アプリの予約完了画面を見せた。

「え、もしかしてタクシーで病院に行くつもり!? 救急車の方がいいって!」

小さく顔を横に振ったところで、丁度タクシーが到着した。

運転手さんも心配したのか、降りてきてくれる。

「──ちょっと、ええ? だ、大丈夫ですか? 救急車呼びましょうか!?」

「運転手さん、私が付き添いますので、どうかお願いします! この人、頑固《がんこ》なんで!」

息もろくに吸えないということは、声も出ない。

つまり反論することすら、できないということで……。

僕は大人しく後部座席に座らされ、タクシーで病院まで運んでもらった──。

どうやら、胸に水が溜まりすぎて呼吸が難しくなっていたらしい。

胸に管を入れて水を取り出し始めた数十分後には、すっかり楽になっていた。

さらに経過を見て数時間後には、自宅へ帰ることができた。

ただ、帰る前に医師からは辛い言葉が告げられた。

それは日向さんには刺激が強い言葉だったみたいで――。

「……耀君に残された時間は少ないって。余命は、前に言った時より短くなるだろうって……」

元から色白な顔から、さらに血色が失われた表情でボソボソと口にした。

むしろ僕からすると、日向さんの方が心配だ。

「うん、まあ覚悟はしてたよ。今年を越えられないだろうって言われるぐらいさ。ずっと昔から、突然死もあるって言われてたんだし。余命が短くなることもあるよ」

「そう……なんだよね。でも、これは私のせいだよね」

「……は？」

「私が無理に連れ回したから、だから心臓の病気が悪化しちゃったんじゃないの……？」

しょげて暗い顔をしている日向さんなんて、初めて見た。

いつも向日葵のようにカラッと快活な表情をしていたから。

日向さんに自分のせいだなんて、思わせちゃダメだ。

僕自身がいい写真が撮りたくて旅をしているんだし。

山に入ったり、無理をしたのも自分の責任だ。

彼女の心に傷をつけて、迷惑をかけたくない。日向さんには、笑っていてほしい。

「もう、旅は終わりにしようか。私の問いの答えは、教えるから――」

「――待って」

「……え？」

「もう少し考えさせてよ。僕は、いい写真を撮る。そのためには、自分で考えながら答え合わせしていく方がいいんでしょ？」

日向さんは、目を見開いてから視線を下に向けた。

「耀君……。でも、私の言い出した旅のせいで悪化してるし……」

「違うよ。前々から言ってたでしょ？　僕はいつ死んでも、おかしくないって。今回のも、たまたま時期が重なっただけだよ。病院側の素早い対応、見たよね。こんなのは、しょっちゅうなんだ」

「……そう、なの？」

「うん。日向さんのせいじゃない。自分で加減しなかった僕の自己管理不足だよ。それに、ここで旅をやめていい写真を撮れなかったら――それこそ心残りになっちゃうから。だから、予定通り行こう」

まさか、僕から旅に誘う日がくるなんて……。

暗い殻に、こもってた頃には考えられない言葉だな。

でも――僕はもう、決めたんだ。

後悔しないように最期まで生き抜くって。

日向さんは喜びと心配が混じったような、複雑な表情を浮かべている。

「ほんとに、平気なの？」

「病院の先生も言ってたじゃん。あとは薬飲んで多めに水分出せばいつも通りだよ。

また僕にヒント、くれないかな？」

「…………」

何秒間か、僕の目をジッと見つめながら考えていた日向さんの口角が——徐々に上がってきた。

「——分かった！　じゃあ、今度の泊まりがけの旅で、絶対に答え見つけようね！

私も覚悟を決めて、遠慮なく全力で頑張るから！」

「うん、僕も頑張るよ。まぁ両親に迷惑をかけたくないから……程々の運動量でね」

よかった、花が開いた。いつも通り、満開の向日葵のような笑顔だ。

結局、未だになんで日向さんがここまでしてくれるのかは分からない。

でも、これだけ心配してくれるんだ。悪い企みなんてしていないだろう。

夏休み最後の、僕らの撮影旅という夏期講習まであと一週間だ。

余命がさらに短くなっているなら、ここで必死にいい写真を残さなければ——。

僕が病院で処置を受けてから数日後の昼過ぎ。

今日は塾の夏期講習が休みということで、日向さんに加え、川崎君と樋口さんも、お見舞いに来てくれた。

「なぁ、望月。心臓は本当に平気なんか？　わりぃな、俺……何をすればいい？」

「気にしないでよ、もう普段通りだから。殴られなければ、それでいいから」

「も、もう殴らねぇって。あんま俺をイジメんなよ。……あん時はマジで悪かった」

「うん、もういいって。ごめんね、冗談」

熱中症対策グッズやビニールシートにも助けられたし、もう十分だ。

「いや、望月。そんなんで許さないで、もっと言ってやってよ。あの時はマジで最悪だったんだからさ」

「そうだそうだ、舞の言う通りだよ！　耀君、簡単に許しちゃダメだからね！」

「夏葵まで……」

ガクリと項垂れる川崎君が少し可哀想になる。

多分、冗談でからかっているんだろうけど……。これも仲良しの証拠、かな？

「僕としては本当に、もういいんだけど。今はさ、僕の部屋に日向さんもいる方が気になるよ？」

そう、三人と遊ぶのはいい。

でも、僕の部屋に日向さんがいるのは何だか新鮮で、ちょっと落ち着かない。

「あれ？　夏葵は望月の部屋、入ったことないん？」

「そうなんだよ、舞！　私はリビングまでの女なの。……ズルいよね、二人は部屋に入れてもらってたのにさ」

両手で頬杖をつきながら文句を言っているけど、二人を部屋に入れたのは、たまたまだ。

「それにしても、本棚には写真関係の難しそうな本が一杯だね～」

「それしか頑張ってこなかったからね」

「一つでも頑張るもんがありゃいいだろ。いくつも手を伸ばしたって、中途半端になるだけだ。俺はよ、一つのことに打ち込める望月が魅力的だと思うぜ？」

日焼けした顔でニカッと笑いながら、川崎君は僕の肩をポンッと軽く叩いた。

嬉しい言葉だな。友達にこんなことを言ってもらえる日が来るなんて。

照れていると、口元に手を当てながら目を丸くしている樋口さんが見えた。

「勇司、あんた……。夏葵にフラれたショックで、望月に手を出そうとしてんの？」

「あ、やっぱり!?　男同士のそういうのも、私はいいと思うよ！」

「ち、ちげぇよ！　俺は女が好きなんだ！」

女子二人からイジられ、川崎君は必死に抵抗している。

「は？　あんた、女好きってこと？」

「そういう意味じゃねぇ！」

でも、何だか楽しそうだ。

それに日向さんへの失恋も、こうして話のネタにできるようになったのか。

本当によかった。

川崎君に日向さんへの未練が残ったままだったら、どうしようと思ってたんだ。

少しでも気持ちを切り替えられているようで安心した。

「菓子が足んなくなってきたな。――よし、買い出しの男気《おとこぎ》ジャンケンいくぞ！」

「……え？　男気ジャンケンって、何？」

「望月、男気ジャンケンってのはね、ジャンケンで勝った人のおごりってことだよ。この場合だと、買い出しにも行くことになるね」

「そ、そうなんだ」

僕の知らない世界だ。自分のものは自分で買うか、割り勘だと思っていた。

買い物すらゲームにしてしまうなんて、面白い人たちだな。

「でも、全員分おごりはキツいかなぁ。私と耀君、ここでお金を使いすぎるわけにはいかないし」

「あ……そうだね。僕らは、旅の費用がかかるから」

「お、そっかそっか。二人は夏休みは撮影を頑張るって言ってたしねぇ。次の旅はどこに行くん？」

「……えっと、実は一泊二日で箱根に。もちろん、親の許可は得てるし部屋は別々だけど！」

川崎君の顔がギョッとしている。

でも少し動揺に瞳を揺らした後、ふぅと息をつき「楽しんでこいよ」と言ってくれた。

「なら、勝ちは二人にしとくか？　そうすりゃ、一人の負担が減るし」

「いいね！　それぐらいなら私もいける！」

「うん、僕も多分平気」

頭の中で金額を予想して答えた。

「よし、いくよ。――ちなみに、私はグーを出すから」

「うわ。出たよ、こういう心理戦。それなら、俺はパーを出すかんな」

え、このノリについていかないといけないのかな。

戸惑いながら日向さんへ視線を向けると、フッと笑って――。

「――なら、私はお金を出すよ。ああ、出したくて仕方ないなぁ！」

君は、そっち側か。

まぁ、そうだよね。日向さんは友達が多いし、こういうノリにも慣れてるか。

「お、さすが夏葵！　男気あんじゃん」

「いやぁ、俺も出したくて仕方ねぇわ～。うし、いくぞ！　男気じゃんけん、じゃんけんポン！」

全くノリについていけなくて、僕は何となく思いついた手を出した――。

部屋には僕と樋口さんが残った。

川崎君と樋口さんは宣言通りパーとグーを出して、日向さんも宣言通りお金を出すことになった。

ヒクつく顔で「私、お金を出したくて仕方なかったし？　いやぁ、嬉しいなぁ……」と無理に笑っていた日向さんは、最高に面白かった。

「……あんさ、望月。いつもメッセージでウチの気持ち聞いてくれてありがとね」

「いや、僕は何も気の利いたことも言えなくて……。樋口さんみたいにちゃんと色々アドバイスできなくて、逆にごめん」

僕は、うんうんと話を聞くだけだ。

別に人形でもできるようなことしか、してないと思う。

「何も言わないからこそ、話しやすいのかもね。ウチには、あいつへの気持ちを相談できる人が他にいなかったからさ」

「日向さんには、絶対に言えないもんね……」

好きな相手を振った親友に相談とか、想像しただけでキツイよ。

「そういうこと。今まで誰にも話せなくて気持ちが本当にゴチャゴチャしてたんよ。望月はさ、ウチの話を聞いてアドバイスとかしないじゃん？」

「頼りなくて、ごめん。僕には恋愛経験がないから……」

「違うって、責めてない。ウチは逆に感謝してんだよ」

樋口さんは、ハハッと笑いながらコップに入った氷をカランと鳴らしてジュースを一口飲んだ。

どういうことだろう。

「話すってのは聞いてほしいってことなんよ。人に話すことで、すっごく楽になる。そうすると感情の整理が勝手につくんよ。求めてないアドバイスとかされても、かえってゴチャつくんだよね」

樋口さんが自分の感情に戸惑っていて、溜め込んでいたのがよく分かる。

誰かに聞いてほしい気持ちも。

日向さんと初めて会った日、思わず話すぎてしまった時の僕もそうだった。

「話し上手な日向さんに話せたら、楽だったのにね」

「あいつが未だに恋してる当人じゃねぇ。さすがに相談は無理だわ」

「……だよね」

考え込んでしまう。写真を撮る時、心を考えるのは大事と日向さんから教わった。多分こういう経験の積み重ねが、いい写真を撮るだけでなく、友情を築くためにも大切なんだと思う。

僕が樋口さんの立場になって、同じような状況にいると想像してみる。

「幼馴染みに恋をするって……難しいんだろうね」

「そうなんよ。ましてや、何か好きになる理屈があったわけじゃない。徐々に好きになっていった感情の話だからさ……」

「好きって言うタイミングも、悩みそうだね」

「本当にそう。言ってどうしたいのか勇司と付き合いたいのかも結局分からな――」

ガサッと、ビニール袋が落ちる音がした。――僕の部屋の前から。

「…………」

しばらく、無音の時間が続いた。

震える樋口さんが、恐る恐る立ち上がって扉を開くと――。

「……ごめん。その、私たちね。静かに帰ってきて、二人を驚かそうと思って」

「……舞、俺は――」

「――……！」

「お、おい！　どこ行くんだよ!?」

川崎君が止める手を振り払い、樋口さんは走って外へ出ていってしまった。

突然の出来事に、僕たちは呆然《ぼうぜん》としてしまう。

しばらく顔を見合わせると、日向さんが声を上げた。

「勇司、追いかけよう！　今の舞を一人にしちゃダメだよ！」

「お、おう！」

日向さんと川崎君も走って家を出ていく。

僕は自分の発言がこんな事態を招いてしまったことを深く後悔していた。

微妙なバランスで成り立っていた三人の関係を――僕が壊してしまった。

慌てて外に出たけど、もう樋口さんの姿は見えない。

僕たちは三人で手分けをして、樋口さんを探すことにした。

あちこち探し回ること約一時間後。

僕は
『舞を見つけた』

という川崎君のメッセージを見て、樋口さんがいるらしい現場に向かった――。

「──ごめん、遅くなった」

「おう、望月……」

「耀君……。ごめんね、私たちが足音を忍ばせたりしたから、こんなことになって。心臓、平気？」

「僕は大丈夫だよ。それより、樋口さんは？」

夕暮れの陽射しが入り込む公園の入口で、二人は申し訳なさそうに俯いた。

「舞は、中のベンチに座ってる。俺が話しかけに行ったら、『後で戻るから、今は話しかけんな』って、むっちゃキレられてさ」

「私が言ってもダメだった。『今は一人にして。じゃないと八つ当たりしちゃう』って……」

二人とも、樋口さんに話しかけようとはしたんだな。でも、拒絶された。

別に樋口さんは、二人が嫌いになったわけじゃないんだとは思う。

自分でも、どうなりたいか分からないと言っていた。

今の樋口さんの感情は、ゴチャゴチャなんだろう。

だったら──。

「……僕も、行ってみるね」

「望月、お前……。わりぃ、頼む。俺も、ちゃんとあいつに返事はするから」

「それを舞が望むか、そこを耀君が聞いてからだよ。感情で暴走しないでね、勇司」

「お、おう……」

公園に入ると、木々にとまるセミの声があちらこちらから聞こえた。

樋口さんは背もたれに身体を預け、力なく俯いている。

「…………」

僕は樋口さんと同じベンチの横に、ただ座る。

何も声をかけることなく。それから数分間、無言の時間が続いた頃だった。

「……何で、何も言わないん？」

樋口さんから、話しかけてきた。

「そもそもさ、今は一人にしてってって言ったの、あの二人から聞いてないん？」

「……聞いたよ」

「だったら、なんで横に来るわけ？」

「……何で、だろうね。樋口さんは、心から一人になりたいわけじゃないんだろうなって、思ったからかな？」

僕がゆっくりと答えると、樋口さんもゆっくり顔を上げた。

「……どういうこと？」

「本当に一人でいたければ、僕なら部屋にこもるから。少なくとも、公園のベンチには来ないよ」

「…………」

また樋口さんが黙りこくってしまう。

失敗したかなと思った。本当は、開口一番に謝りたかった。

でも、そんな言葉を今の樋口さんは望んでいない気がしたんだ。

「……本当さ、ウチって何なんだろうね。最悪だよ、こんな告白ないわ」

「…………」

「そもそも、どうなりたいのかも分かってないのに。付き合いたいのか、誰よりも近くにいる親友でありたいのか……とかもさ。ウチが女で勇司が男とか、本当に嫌。なんで性別なんかあんだろ」

答えの出ない気持ち、か。

親友でよければ、悩むこともなかったかもね。

「難しい感情、だね」

「難しいよ。わけ分かんないし。そもそもさ、有り得なくない？　よりにもよってタイミング悪すぎっしょ」

「うん、あれは気がつかなかった」

「だよね。ウチが思い描いてた告白ってさ、どっか人気《ひとけ》のない場所で『好きです、付き合って下さい』みたいな、そんなんだと思ってたんよ」

　恋愛には詳しくないけど、物語では、そんなシチュエーションが多い気がする。

「なのにさ、勇司とウチの告白は、何なん？　あいつはキレた勢いで告白して、ウチは好きってのが漏れ聞こえちゃったとか。二人してムードの欠片もないわ」

　否定できない……。ただ、小さくうなずく。

「好きってバレちゃった。……たった、それだけなんよ」

「うん。僕も、そう思うよ」

　愚痴のような言葉に同意すると、樋口さんはまた黙り込んでしまった。

　重苦しい空気が続くけど、最初にこのベンチに座った時程じゃない。

　樋口さんは、ゆっくり顔を上げてくれた。

「ずっとウチは勇司と男友達やら幼馴染みでいたいって思いと……。この想い察してよって、矛盾《むじゅん》した気持ちを抱えてたんだよ」

　そう言うと、樋口さんはスッと立ち上がった。

「でも、こんなどっちつかずな自分は……大っ嫌いなんだよね。――だから、ウチらしくいくことにするわ。望月。聞いてくれて、ありがとね」

　僕へ向けて微笑みながらそう言って、公園の入口――いや、二人のところへズカズカと歩いていく。僕も樋口さんの後ろからついていった。

今の樋口さんは、堂々としていて格好いい。

「おう、舞……その、俺はさ」

「待った。ウチから先に言うわ」

うなじ辺りに手を当てながら俯く川崎君の言葉を、樋口さんが止めた。

「――勇司、あんた鈍すぎ。中学でも高校でも同じ陸上部についていって、おまけにこんだけ毎日一緒にいるんだよ。自分に好意あんのかなとか、少しは思いなよ」

「お、おう……すまん」

「あんたが夏葵に未練たらたらでも――ウチは、あんたのことが好きだ！　だから、いつかあんたにウチが一番好きって言わせてやる。今日は決意表明の日だから、返事とかしないでよ」

川崎君がポカンとした表情をしている。

日向さんは、嬉しそうに微笑んでいた。

「だから、これからも今まで通り一緒にいて、いつかウチを好きだってなったら返事ちょうだい。いい？」

「お、おう」

「それから夏葵」

「何？」

「ウチも夏葵のことが大好きで、凄い大切だから。だから——これからも、勇司が変なことしたら一緒にボコボコにしてやろう」

片手は腰に当て、片手で鼻の下を擦りながら微笑む樋口さん。

そんな樋口さんの胸に、まるでタックルのような勢いで日向さんが両手を広げながら飛び込んだ。樋口さんのポニーテールがフワッと揺れた。

「舞～、もうメッチャ好き！　勇司になんか、絶対に渡さないからね！」

「俺になんかって……」

複雑そうな表情で苦笑する川崎君とは正反対に、日向さんは心から嬉しそうな笑みを浮かべていた。

樋口さんに「よしよし、夏葵は可愛いねぇ」などと言われながら頭を撫でられ、気持ちよさそうにしている。

「……夏葵。あんた、ちょっと痩せた？」

「え!?　ダイエット効果出てる!?　舞、嬉しいこと言ってくれるね～！　やっぱ大好き！」

「もう、ちゃんと食いなよ？　ダイエットしすぎると、貧血加速するからね。ガチで倒れるよ？」

ダイエットしてたのか？

そうか、だから貧血気味で、ふらつくこともあったのか。

そんなのは必要ないと思うけど……。

「樋口さん、遅くなったけど……僕もごめん。不用心だったね」

すると樋口さんは、僕の方を向いて――。

「いいよ。これからも話を聞いてもらうからさ。もう、前みたいに怖がって逃げないでよ」

樋口さんは心の黒いモヤが消えたような、晴れやかな笑みで言ってきた。

「……耀君、なんか随分、舞と分かり合っちゃってるね？」

「なんで日向さんは、僕を睨むのさ」

「別に～？　耀君に親友ができるのは、望む所だし？　でも……耀君にも、舞は渡さないからね！」

「わけが分からない」

不機嫌そうな顔で、何を言ってるんだ。

樋口さんは川崎君が好きだって、宣言したばっかりなのにさ。

日向さんが不機嫌になってる理由が僕には、全く理解できない。

夕陽が沈み、辺りも薄暗くなってきた。

セミと勤務を交代したようにスズムシのリーンリーンという鳴き声が聞こえる。

随分と陽も短くなり、半袖は少し肌寒いとすら感じた。
もうすぐ、高校最後の夏が終わる。
僕がこの世で過ごす、おそらく最後の夏が終わりを迎えてしまう。
最期の時は、もう目の前に近づいている。
僕は絶対にいい写真を撮って、見る人を感動させてみせる。
僕にとって最後のチャンスかもしれない、一泊二日の箱根撮影旅。
絶対に『深みのある解像度』の答えを見つけて、結果を残してみせる――。

四章　上を下へ、気持ちはどこへ

八月末。昼は暑く、朝と夜が冷え出し、季節の移り変わりを感じる。

夏休み終了の三日前。

時刻は十三時過ぎ。

僕たちは箱根の旅館に到着すると荷物をフロントに預け、さっそく撮影旅に出た。

今日は箱根湯本駅《はこねゆもと》から大涌谷、桃源台《とうげんだい》まで撮影に行き戻ってくるというプランだ。

鉄道、ケーブルカー、ロープウェイを乗り継ぎ、移動だけで片道一時間はかかる。

往復すると考えると撮影時間は少なく、一時たりとも気が抜けない。

一枚一枚に全身全霊をかけて集中しなければ。……そのためにも、移動時間は体を休めておきたい。

だというのに――。

「――ね、ね！　窓から見る山も花もメッチャ綺麗だよ！」

「……ごめん、撮影の時まで体力を残しておきたいんだ。あと車内で騒ぐと迷惑だよ」

鉄道の車内でも元気一杯に声をかけてくる日向さんに注意する。

ただでさえ病状が悪化してきてるんだ。

今回の旅は遊びじゃない。

「ん～。でも、もったいないじゃん！　色んなとこ見ようよ」

日向さんの言葉に、僕は苦笑だけ返して目をつむった。

好奇心の塊にして、元気な向日葵が人間に変身したような彼女だ。遊ぶなと言うのが無理だったのかもしれない。

でも彼女には心から期待しているし、信じている。

だって――。

『私も覚悟を決めて、遠慮無く全力で頑張るから！』

病状が悪化して病院で処置を受けた時に、彼女はそう言ってくれた。

だから今はこんなふざけていても、いざ撮影となれば真剣になるはずだ。

一緒に楽しんであげられないのは申し訳ないけど今は体力を温存させてもらおう。

一時間の移動を終えて大涌谷駅でロープウェイを降りた瞬間に、ツンとした強風が襲ってきた。

「うわ～、硫黄《いおう》の香りね！　メッチャ鼻がツンとするよ！」

「大涌谷は硫化水素《りゅうかすいそ》とか二酸化硫黄みたいな人体に有害な火山ガスが多いんだってさ。……心臓にも悪影響だから、僕は長居はできないよ？」

「うん、それなのに旅プランに盛り込んで……ごめんね？」

「別にいいよ。どうしても行きたかったんでしょ。それに、心臓に悪影響って知ってても日向さんが連れてくるってことは、ここがいい写真のためには必要なんだなって考えてるし」

「耀君……ありがとう。分かった、じゃあパッと撮って戻ろうね！」

少し辛そうに笑いながら、彼女は弱々しく僕の指を引いていく。

至る所から空に昇っていく噴煙《ふんえん》が舞っている。

山風に身体を押され僕たちは、ふらついてしまった。

煙の噴き出す山肌が展望できる場所まで、少し傾斜のある路面を歩く必要がある。

心臓のバクンバクンという音を感じながらも、僕は彼女に手を引かれて——。

「これは、確かに凄い光景だ……」

葉の緑がより一層濃くなる時季なのに、遙か下に見える谷底で枝葉は茶色く枯れている。そして山肌の土は薄黄色く染まり、まるで古代遺跡のように見える。

炎もないのに大地から噴き出す煙が風に揺られて消えていく。

轟々《ごうごう》と鼓膜に吹きつく風の音。呼吸を浅くしても鼻から入り込む火山ガスは化学実験室の匂いに似ている。

隣へ視線を移すと、日向さんの長く艶やかな髪が風に揺られていた。

髪を顔に張りつけながら僕を見てるみたいだけど、せっかくの綺麗な瞳も隠れてしまってる。

彼女は指で前髪を掻き分けて視界を確保すると、微笑みながら声をかけてきた。

「耀君、早く撮影しよっか！」

「ああ、うん」

これ以上は進めないという柵のギリギリまで近づいて構図を考え、シャッターを切ると——。

「よし、次に行くよ〜！」

「え。まだ一枚しか撮ってないよ。僕はまだ大丈夫だから」

「ダメ！　ほら、お土産屋さんに寄って、次は桃源台に行こう！」

何のためにここまで来たんだろう。そう思うぐらいあっという間だった。

彼女は僕の手を握ってグイグイと強く引っ張っていく。……それだけ僕の身体を心配してくれているということか。

そう納得してお土産屋さんまで行く。

「すいません、寿命が延びる黒たまごをください！」

寿命が延びる黒たまご……？

日向さんは商品を受け取り、僕たちはロープウェイへ戻るために歩き出した。

「これね、一個食べるだけで七年寿命が延びるって言われてるの。大涌谷の名物なんだよ」

「ああ、そういえば観光サイトで見たかも」

「なんか温泉熱と、このガスとかが反応して卵の殻が黒くなるらしいよ！　はい、一個食べて。……私も一緒に食べるから、さ」

手渡され、よく見てみる。こうやって殻が黒くなるから、黒たまごか。殻を少し剥いてみれば、ゆで卵と中身は同じに見える。

「……塩をつけなければ、いけるかな」

「七年、寿命が延びますように！　はい。私は口に出したんだから、耀君も心で願うぐらいしてね？」

今さら僕の寿命が七年も延びるわけない。

それは日向さんも、知ってるだろう。

心ではそう思っても、口には出さなかった。

日向さんの浮かべる楽しそうな笑みに、水を差したくない。

「うん、美味しい」

「でしょでしょ⁉　でも、手が硫黄くさいね〜。桃源台に着いたら、どっかで手を洗おっか！」

「そうだね」

桃源台へと向かうロープウェイ乗り場へ歩く途中で、そんな会話を交わした。

行列に並んでロープウェイに乗り、大涌谷から徐々に遠ざかって標高の低い所へ下りていく。

大涌谷ではヒントをもらえなかったうえ、一枚しか写真を撮らせてもらえなかった。

だけど日向さんは、全力でいい写真が撮れるよう協力してくれると確かに言った。

「ねぇ、目をつむってちゃもったいないよ！　ほら、見渡す限りの山、緑が綺麗だよ！」

だから、ただ旅を楽しんでいるだけではないはずだ。

次こそが本番なんだろう。

その時に全力で考えて結果を出せるように、僕は微笑みながらも目をつむって深呼吸する。まだ標高が高くて酸素が薄いのか、やっぱり胸がちょっと苦しい。

旅は明日も続くんだ。

彼女の心に後悔という傷を残さないよう、呼吸を整えなきゃ。

いい思い出として覚えてもらいたいから、倒れるなんてのは最悪だ。

そうして桃源台へとたどり着いた。

ロープウェイから降りてすぐ目に入ったのは、巨大な湖だった。

「……これが芦《あし》ノ湖《こ》か。なんて大きさ……。本当に、綺麗だ」

「ね、すっごく大きい湖！　まるで海みたいだね！」

「うん、さざ波もあるし……。これは写真の撮り甲斐があるよ」

湖に近づきながらそんな会話を交わすと、目の前には——海賊船を模した巨大な遊覧船が停まっていた。

「立派なマストに赤と金の塗装《とそう》……本当に綺麗だ。僕たちもこれに乗るんだっけ？」

「ん〜。そうなんだけど、次の便に乗ろうか。まずは、ここから芦ノ湖を撮ろう？」

「分かった。——いよいよだね、全力で撮るよ」

僕たちは、芦ノ湖を回る遊歩道を歩きながら撮影スポットを探した。

「うん、ここで撮影してもいい？」

「うん。耀君が決めていいよ」

「分かった」

芦ノ湖が遙か奥まで見渡せる、綺麗な場所を見つけた。

海でもないのに小さくて穏やかな、ササンササンという波音が聞こえる。

潮風のようにべたつかない、本当に涼やかな音と風だ。

僕がスマホを構えながら、湖と太陽の位置やたまに通りかかる海賊船をいかに美しく収めるか、一生懸命に考えながら集中していると——。

「——ね、耀君。なんでこんな山の上に、デッカイ湖があるんだろうね？」

後ろから僕の肩を掴んでユサユサと揺らしてくる日向さんのおかげで、構図が乱れた。とぎすませていた集中まで途切れてしまう。

「……ふぅ。日向さん、何してるの？」

「なんでこんなとこに綺麗で大きい湖ができたのか、すっごい気になってさ！」

無邪気な笑みを浮かべながら首を傾げる日向さんに、少しだけ不満を抱いてしまう。

「知らないよ。……それってさ、もしかしてヒントなの？」

「ん〜。さぁ、どうだろうね？」

「……湖ができるってことは、川がせき止められたりかな」

「そうだよね。でも、見た感じだと芦ノ湖周りは川があんまり見えないから、なんでかなぁって」

湖がどうやってできるか。

本で見たことがあった気がする。

「火山活動の後に水がたまった、火山湖ってやつじゃない？」

「そっかぁ。なるほどね〜……」

「え、それだけ？」

「うん、それだけだよ」

『深みのある解像度』という問いへのヒントかもしれないと思ったが、関係なさそうだ。単純に興味があっただけみたいだけど、そういう雑談は後日すればいい。

「……ごめん、今は真剣に撮りたいんだ。ただでさえ撮影時間が短いんだし、少し集中させてくれないかな？」

納得している様子の日向さんから湖に視線を戻して撮影を再開する。

この絶景での撮影時間は、本当に貴重なんだから。

そうして次の船が来るまでの短い時間で、魂を込めて撮影していく。

遊歩道に生えている木々に、湖面の煌めき、バックの青々とした山々と空。

ピントを調整して、何枚も撮り続けた。

そうしている間に乗船時間が迫り、遊覧船乗り場へと早足で戻った。

船上とはいえ、湖を観光するための大きな船だ。

思った程は揺れることもなく、僕たちを乗せゆっくりと芦ノ湖を回り始めた。

爽やかな森林と湖水の香りを含んだ風がスルッと肌を撫でていく。

清い香りは、あの硫黄くさい大涌谷と近い場所とは思えなかった。

彼女と一緒に撮影スポットをキョロキョロ探しながら船の上を歩き回っていると、
壮大な芦ノ湖に、突き刺さるように鳥居が立つ場所を見つけた。「いい風景だ」とスマホを構え撮影ボタンを押す。

構図を変えてもう一度撮影ボタンを押すと――。

「いぇーい！」

満面の笑みを浮かべた日向さんが写り込んできた。

「……何してるの？」

「ね、撮れた？　見せて見せて！」

日向さんは僕のスマホを奪い取るように写真フォルダを開いた。

「わ！　よく撮れてるね、さすが上手い！　メッチャ盛れてる～！」

「……あのさ」

「これ、メッセージで送っておいてね？　共同管理のSNSに顔をさらす勇気はないからさ！」

「……分かった。旅が終わった後に、まとめて送るよ」

一緒に旅行してるんだし、自分が写る写真ぐらい欲しいだろう。

撮影が落ち着いたら、メッセージで送ればいい。

今は忙しいから、勘弁してほしいけど。

「やった！　前は後ろ姿だったから、ちゃんと正面から撮ってくれたのは初めてだね」

「……向日葵畑で正面から写ったじゃん」

「ん～。あれじゃ小さすぎて、ダメかなぁ……」

「ダメって、何が？」

僕が聞くと、日向さんは湖の先を眺めながら微笑んだ。

「……秘密」

また秘密か。ここまできて、何を秘密にするんだろう。

今回の旅で絶対に目的を果たす覚悟なのに。

僕の最期までに、日向さんは秘密を明かしてくれるのかな。

嬉しそうに左右に揺れる日向さんは、本気で旅を楽しんでいるようだった。

僕だってこれが撮影旅じゃなければ、同じように笑っていたかもしれない。――だけど寿命が間近で、いい写真を残さなければと追われていては……とてもそんな気持ちにはなれなかった。

「……ねえ。お願いだからさ、真剣にやろうよ」

「あ……ごめん。でも、ここに来てから、ずっと張り詰めた顔してるからさ。そんなんじゃ、いい写真撮れないんじゃない？」

「……なるほど。確かに、そうだった。心が大切だったよね。ごめん、言いすぎた」

「ううん、私こそ。ふざけてるように見えたよね。やっぱり楽しむのって必要かなと思って」

心の余裕って意味、かな。

そうか。

ずっと張り詰めてると、いい写真も撮れないよって話かもしれない。

「……そうだよ、ね。じゃあ、撮影する時だけは真剣になるから。それ以外の時は、少し息を抜いて楽しもうか」

「うん！」

日向さんは僕に、いい写真を撮らせる気がないんじゃないかと疑ってしまったが、早とちりだったみたいだ。

熱海の撮影旅で、僕は写真を撮るのにも心が大切というヒントをもらっていた。

時間のなさに焦っていて、せっかくのヒントを忘れるところだった。

日向さんとの今までをゆっくり考えて、船上で少し思い出に浸ってしまう。

「……僕は最初、日向さんのことを天敵だと言ったよね」

「あ～、言ったねぇ。苦手なら分かるけど、なんで天敵なの？」

「僕とは対極的すぎるぐらい輝いていたから。でも、日向さんのおかげて友達ができて、少しずつ変われて……分かってきたんだ」

「ん……。何が分かってきたの？」

興味深そうに、日向さんは綺麗な瞳を僕に向けてきた。

「僕は、君に憧れてただけなんだって。自分がなりたくても、なれないような人だって決めつけてたから。だから……天敵だと思ったんだ」

「そっか～。それはなんとも、光栄な天敵だね！」

「僕は俯いて殻にこもってるのは、もうやめた。残りの短い寿命、いい写真を撮るって目標に向かって一生懸命に頑張るよ。そうすれば、少しでも日向さんみたいに――」

──輝けるかもしれないから。

そう言う前に、日向さんが口を挟んで止めてきた。

「──あ、ほら。富士山が見えるよ！　さすがに雪はないけど、どう思う？」

「……新鮮だね。やっぱり富士山って言ったら、山頂の方に雪が積もってるのが映えるなぁ。これは、撮っても仕方ないかな」

「浮世絵とか写真で見る富士山とかは、雪化粧されてるもんね！　あれも風情があって最高だけどさ、これも撮ったら？」

「う〜ん……。日向さんがそう言うなら、まぁ記念に」

カメラを向け、写真を撮ってみる。

確認したけど……やっぱり一番美しい時を撮ってあげたかったな。

船のモーター音と湖をゆっくり掻き分けるザザという音の中で、何とも言えないもの悲しさに襲われる。

その後も楽しそうに笑う日向さんと談笑しつつ、撮影スポットを見つけたら集中して写真を撮る。

そうしているうちに芦ノ湖の遊覧は終わった。

事前に聞いていた今日のプランとしては、もうホテルに戻るだけだ。

正直、移動と撮影時の集中でかなり疲労している。

船から降りてすぐ、ホテルがある箱根湯本駅行きのバスに乗ろうと歩き出すと、日向さんに止められた。

「せっかくだからさ、ロープウェイで強羅《ごうら》まで行こうよ！　強羅からでも、ロープウェイと箱根鉄道で箱根湯本駅に戻れるじゃん？」

「……え。でも、それだとまた一時間以上かかるんじゃない？」

「うん。バスなら四十分だけど、私の言ったルートだと一時間半ぐらいだね！」

「それなら、バスの方がいいんじゃ……」

「……もしかして耀君、体調悪い？」

それまで笑顔だった日向さんの表情が、急に心配げな弱々しいものになった。強くて張りのある声も一転して、固く低い響きが混じるようになっている。

彼女のそんな姿を見るのは、胸が痛む。

「いや、大丈夫だよ」

「本当？　無理……してない？」

「もう一回、大涌谷まで登るのはキツいと思う。でも途中の強羅まで、ただ座ってるだけなら大丈夫だよ」

「……分かった。じゃあ、行こうか！」

僕の手を弱々しくキュッと握り引く日向さんの細い指が、妙に汗ばんでいた。

「日向さん、手……。暑いの？　汗が凄いよ？」

「あ……」

一瞬、日向さんは、今まで見たこともないぐらいに動揺した表情を浮かべた。

でも、それは一瞬。

すぐに、いつも通りのニカッとした笑みを浮かべ――。

「汗っかきなの！　恥ずかしいなぁ。でも、水分補給は大切だよね～！　教えてくれて、ありがと！」

チビチビと、持ってきていた鞄からペットボトルを取り出し、飲み始めた。

「……急がなきゃ」

小さくボソッと呟いた日向さんの声は、異常な程に強い力がこもっているように感じた。

確かに、ロープウェイだと時間がかかるから宿へ戻る時間に遅れるかもしれない。

気合いを入れ直したのか。力強く歩く日向さんの背を、僕は追った――。

登っていくロープウェイの中、僕は目をつむりなるべく深く呼吸をしていた。

気圧の変化や酸素の薄さは少しこたえるけど、意識して呼吸をすればそこまで苦しくはない。

視界を閉ざすと、代わりに音がよく聞こえる。

ゴウンゴウンというロープウェイの音、そして――。

「ね、耀君。目を閉じてるけど……本当に辛くない？」

「うん、大丈夫だよ。ただ、体力を温存しているだけだから」

「――そっか。じゃあさ、ちょっと外を見てよ！」

芦ノ湖の波音よりも爽やかで耳心地のいい日向さんの声が僕の耳によく聞こえる。

正直に言えば目を開けて呼吸に集中できないのは辛いけど、下りの時と合わせて二回も彼女の声かけを拒否したくない。

さすがに僕も目を開けて、ガラス窓から外を見る。

「……山の間に、夕陽が沈んでいくね」

「うん、綺麗でしょ？　色んな高さの山がね、ズラって並んでるよ！」

テンション高く言う日向さんだが、僕は特に何も感じなかった。

確かに、綺麗な風景だなとは思う。でも、山の景色は芦ノ湖で撮影済みだ。

被写体でもないのに、純粋に景色を満喫する余裕は、今の息苦しい僕にはない。

皆が感動する、いい写真を撮らなければ。

焦り出すと、やっぱり明日のために体力を残すのを優先したくなってしまう。

「そうだね、綺麗だと思う」

「もう。それだけでまた、目をつむっちゃうの？」

体力を回復させようと再び目をつむった僕の耳に、とがめるような言葉が届く。

疲れや体調不良もあってか、僕は少しだけ腹が立ってしまう。

「……日向さん。僕はこの旅、観光では来てないんだ。明日こそ、いい写真を撮るために体力を残したい。ヒントをくれるなら別だけど……少し休ませてほしい。僕のノリが悪くて日向さんが楽しめないんなら、本当にごめん。——でも僕にとっては、遊びの旅じゃないんだ」

かなり冷たい言葉を言ってしまったと思う。

僕の手を握っている日向さんの指が小刻みに震え、「……ごめんね」と言う声と共に、離れていった。

その後、ホテルに着くまでの間はずっと二人とも無言だった。

間違ったことを言ったつもりはないけど、今日一日、僕としてはちょっと裏切られたという気持ちもあったんだ。

日向さんは、僕がいい写真を撮るために全力を尽くすと言ってくれてたから——。

ホテルにチェックインして、それぞれ自分の部屋に入った。

僕は備え付けの椅子に前屈《まえかが》みになりながら座って大きく呼吸をする。

この姿勢で呼吸をすると、かなり楽になるんだ。

そうしているとスマホから通知音が鳴った。

机に置かれたスマホを手に取って確認すると、日向さんからのメッセージだった。

『ここは胸より下だけで浸かれる露天温泉があるからね。様子を見ながら、試しにでも入ってみてね』

という内容だった。

日向さんは、人の言ったことを忘れているようで、意外に覚えている。

「……僕が胸より下までなら浴槽に浸かれるって言ったこと、覚えてたんだ」

あれは……確か、向日葵畑へ撮影旅に行った時だ。

僕が蒸し暑い空気をお風呂みたいだと例えた会話の中で言った気がする。

『よく覚えてたね。分かった、短い時間だけでも浸かるよ』

そう返したが、既読はつかない。

どうやら彼女は温泉に入ったようだ。

僕も重い身体を何とか動かして、温泉へと向かう。

生まれて初めて入る温泉は、まず沢山の人とお風呂に入るということが、もの凄い違和感だった。

かけ湯というのを先に入った人がしていなければ、そのまま浴槽に浸かっていたかもしれない。

確かに家で入るお湯よりも気持ちよかったように思う。

でも、長居はできない。

湯気《ゆげ》で満ちた浴室は息がしにくいし、心臓もバックンバックンと自覚するぐらいにキツい。

常に立ちくらみがしているように感じる。

僕は、倒れるわけにはいかない……。

日向さんに、責任を感じさせちゃう。

迷惑を、かけたくない……。

ふらふらしながら脱衣所に戻って、ドライヤーが並べられている洗面台の前に座って休む。

ふと、自分の顔が大きな鏡に映ったのが見えて――。

「……首の血管。なんだ、この盛り上がり……」

つい最近、病院で処置を受けた時程ではないけど、身体がむくんできていた。

それだけじゃない。首の血管が膨らんでいる。

これは、心臓の状態が悪いからだろう。

まずい、絶対に……今は病院に行くわけにいかない。

せめて日向さんと別れる明日の夜までは、隠し通さないと……。

僕は休みつつ、ゆっくり洋服を着て何とか自室まで戻ると、すぐに薬を飲んだ。

身体の水分を出すのを促して、心臓の負荷を軽減する薬だ。

今日は早く寝て、明日の撮影に備えよう。

倒れないように、そしていい写真を絶対に残す――。

そう心に決めた時、またスマホの通知音が鳴った。

日向さんからのメッセージだ。

『ご飯どうする？』

という簡潔なものだった。

チェックインの時に、夕食は大食堂でビュッフェがあると言われた。

でも僕は食事制限があるから行けないだろうと気遣って、日向さんはメッセージをくれたんだろう。

『自分で用意してきたお弁当を食べるよ。気にせず楽しんできて』

そう返して、僕は前屈みで椅子に座りながら荒い呼吸を整え続ける。

食欲なんて、あるわけがない。

トイレに行き、しばらく安静にしていると、むくみは多少マシになった。

よかった、これで明日も何とか撮影できそうだ……。

絶対に……いい写真を残してみせる。倒れて迷惑は、かけない……。

日向さんは人生に一度しかない高校三年生の夏を、僕のいい写真を撮って心置きなく最期を迎えたいという目標に費やしてくれている。

そんな日向さんに恩返しするような写真を撮りたい。——そして、迷惑はかけずに終わりたい。ここは耐え時だ。

大丈夫。あと一日なら、何とかなる。

そうやって自分の決意を何度も確認してると部屋の戸をノックする音が聞こえた。

「はい……？」

「やっほー！」

辛い中、どうにか身体を動かして扉を開けると、浴衣姿の日向さんが立っていた。

ホテルに備えつけのもので、花火大会の時に着ていたものより動きやすそうだ。

髪の毛は少しだけ湿っていて、ドライヤーをしっかりかけていなかったのかと気になる。

「どうしたの？　明日の予定確認？」

「うん、そう。あとは今日の反省会とか、耀君と色々な話をしたいなぁって！　入ってもいい？」

そういうことなら、拒むわけにはいかないし、休みたいなんて言ってられない。

僕は彼女を部屋に招き入れた。

「う～ん、やっぱり同じホテルだからかね？　部屋のつくりは変わらないな～」

彼女は一通り部屋の中を見て、ベッドに腰かけた。

僕は椅子を少しベッドに寄せ、そこへ座る。

「それで、明日の予定はどうしようか？」

「うん、この観光ガイドを見てよ！」

そう言って、彼女は一冊の雑誌を開いて指さした。

「駒《こま》ヶ岳《たけ》の、山頂？」

「そう！　実はね、私は箱根に何回か来たことがあるんだ。それでね、ここから眺める景色が、もう～最高なの！」

「そう……なんだ」

僕は雑誌に書いてある文字を見るうちに、どんどんと気持ちが沈んでいくのが分かった。

「……なんで、ここに？」

「今日行った所を、一気に見下ろせるじゃん？」

ヒントにつながるものじゃないのか。

そうなってくると、僕の中で少しずつ怒りがわいてくる。

遊びじゃないって言ったはずなのに。

それに、僕の身体ではこんな標高が高くて、傾斜がキツい場所を歩き回るなんて無理だ。紹介写真を見るだけで分かる。

それぐらい、日向さんにも伝わってるだろうに。

なんで、そんな提案をしてくるんだ？

「……明日のことはまた後で話すとして、今日撮った僕の写真はどうかな？」

「あ、そうだよね。写真見せてよ！」

「はい、これ」

僕が写真フォルダを開いてスマホを渡すと、彼女は一瞬動きを止めて——。

「ね、せっかくだからさ。次々と連続した動きで見たいな。手動じゃなくて勝手に流れるやつ」

「ああ。スライドショーができるアプリもあるらしいね。僕は入れてないけど」

「私いいアプリ知ってるよ！　インストールしてあげるからさ、スマホのパスワード教えてよ」

「……分かった。悪用しないでよ？」

何秒か考えたけど、日向さんはパスワードの悪用なんてしないだろう。

それぐらい信じられなくて、何が友達だと言うんだろうか。

「やった！　ありがとう、信じてくれて！」

　僕がパスワードを教えると、日向さんは早速アプリをインストールし始めた。

「耀君は今日、楽しかった？」

　インストールしているアプリの容量が重いのか、それともホテルの通信機能が弱いのか分からないけど、日向さんはしばらく画面を操作した後でそう話しかけてきた。

　インストール中の待ち時間に、反省会をしようってことか。

「楽しんでいる余裕は、あんまりなかったかな。いい写真を撮りたい、残したいって気持ちがやっぱり強くて……。本当に、必死で」

「だよねぇ。私にもそう見えたよ」

「……正直、今日撮った写真も全く手応えがない。今までと変わった気がしない。どれだけ悩んでも、日向さんが出した『深みのある解像度』って問いへの答えが出ないんだ」

　ああ、ダメだ。前は格好つけて、もう少し考えさせてとか言ったけど……。

　余命が目前すぎて、明らかに弱気になってきてる。

「もうちょい肩の力を抜いてさ、スマホから離れるぐらいの気持ちで堪能しようよ？」

「……それは、ヒント？」

「ん～、どうだろうね？」

　何か含みがあるような笑みを日向さんは浮かべた。

本来なら、日向さんのじれったい態度は正解なんだと思う。

簡単に答えを教えちゃ成長できない。――でも、成長するための試練は未来が残されている人にやるもの。

極限まで追い詰められ、後がない人間からすると……焦りが生まれる。

「僕は……。明日中に日向さんの出した『深みのある解像度』って問いへの答えを出して、いい写真を撮らなきゃいけないんだ」

「うん、耀君が焦ってるのは分かってる。時間がないことも……」

「そうなんだよ。……正直、僕は焦ってる。この旅に今までの全てをかけてる」

「耀君はさ、私と旅をしてきて、一人で遠出しようって気になった？」

なんで今の流れで、その話を？

でも、そうだな……。

「……付き添いがない一人では絶対に遠出なんて許されないよ。だから、一緒に遠出してくれる日向さんには、本当に感謝してる」

そう答える僕に対して、日向さんは「そっか、なるほどなぁ」と笑みを浮かべた。

笑えるような話ではなかったと思うんだけど……。

「……ここまで来て答えを教えてくれとか、言うつもりはないよ。でも、時間がないんだ。甘えかもしれないけど、明日はもっとヒントを沢山くれると――」

「――お、インストールできた！」

僕の言葉に口を挟んで止め、日向さんは手に持っていたスマホの操作を始めて、再び僕の写真を見始めた。

人の言うことをあんまり聞いてるように見えないのは、もう個性だろう。

仕方ない、大人しく採点を待つか。

でも、日向さんの採点はいつまで待っても始まらない。……長い。何分かけて採点してくれてるんだろう。

それだけ、よく見て考えてくれてるってことか。

ひたすらニコニコしてスマホをいじってるだけの日向さんを見ていると、どきどきしてしまう。

僕の撮った写真、どこが弱点って分析してもらえるんだろう。

とはいえ、これだけジッと待たされると気になって仕方ない。

「……そんなに、今回の採点は時間がかかるの？」

「ん？　違うよ。耀君のスマホのホーム画面、整理してたの」

「……は？」

何を言ってるのか、全く理解できなかった。

僕のスマホに入ってるアプリはメッセージアプリやSNS、タクシー配車や乗り換え案内に関するものぐらいしか入ってない。

今さら一つアプリが増えたところでそれ程、整理が必要だとは思えなかった。

ベッドで女子の隣に座るのはよくないかなとは思ったけど、椅子からではスマホが見えない。

そっと彼女の隣に座って――驚愕した。

「何……これ？」

両親に買ってもらったスマホのトップ画面には有り得ない量のアイコンがあった。

「あ、耀君知らなかった？　アプリをね、こうしてフォルダに分けてまとめられるんだよ。アイコンが沢山並んでると何がなんだか――」

「――そうじゃなくて。なんで、こんなにアプリが入ってるの？」

彼女は確かに言ったはずだ。

流れるように写真が表示されるアプリを入れると。

「スライドショーのアプリを入れるだけじゃ、なかったの？」

「それも入れたよ。でも、やっぱ先々のことを考えたらもっと必要でしょ。ＳＮＳで宣伝するために動画加工したり、その動画を投稿するアプリとか」

「いやいや、ちょっと」

彼女は何を言っているんだ？

「それから、写真とかSNSの人気が出てきたら、クラウドファンディングで電子出版作成とかもできるようなアプリを入れたの！」

「……何を、言ってるの？」

日向さんの楽しそうな声が、僕の耳をすり抜けていく。

「もしもの時の話だよ？」

もしもの時だって？

有り得ない。

だって日向さんは、医者から僕の余命がさらに短くなったという話も直接聞いていた。それを悲しんでいたじゃないか。

だから、この旅でいい写真が撮れるよう全力で臨《のぞ》んでくれるって……。

「あ、動画作りたくても容量がオーバーになっちゃうかも。──ねぇ、消していい写真ある？」

その言葉を聞いた瞬間──僕の中で、何かが切れた。

「──耀君……？」

気がつけば僕は、日向さんからスマホを奪い取っていた。

荒い息をしていて、眉間《みけん》には痛いほど力が入っている。

「……ふざけないでよ」

「ごめん……ふざけては、いなかったよ」

「ふざけてなければ何だって言うんだよ！　僕は写真だけには本気だって言った！　その写真を消してまで！　未来がない僕には不要な、クラウドファンディングだの、電子出版作成だののアプリを入れるとかさ！　これがふざけてなければ、何だって言うんだよ⁉」

「………………」

バッと立ち上がり、見開かれた日向さんの瞳を睨まずにはいられない。

「日向さんも聞いてたでしょ、僕の寿命はもう目の前だって！　冬に会った時より、もっともっと縮まった。後悔はしてない、だけど……それはいい写真を撮るために、必要だと思ったから！」

「………………」

「今日だって、凄く期待してた……信じてた！　時間が残されてる日向さんは、別に遊んでもいいさ。でも必要な時にはちゃんとアドバイスをくれるって、僕は信じてたんだ。絶対にいい写真を残してみせる、そのためになら命をかけるって……僕は死ぬ覚悟で、この旅に来たんだ！　必死だったんだよ！」

「……耀君、お願い。……一回、落ち着いて」

泣き出しそうな声に、ハッと正気に戻る。

改めて今の状況を見ると……。

日向さんは、怒鳴られ震えている。その綺麗な目に、一杯の涙を溜めながら。

僕は怒りがサッと引いて、代わりに自分が情けなくて……惨めになった。

力の入らないフワフワとした身体を動かして、椅子に移動した。

そして片手で顔を掴みながら――。

「ごめん……。全部、僕の身勝手な願いだったね。日向さんを僕のわがままに付き合わせちゃって、悪かったと思ってる」

「そんなこと……私だって、耀君といい写真を――」

「――今日はもう、寝ようか。部屋に戻りなよ」

「耀君……。私は……」

「……本当に、ごめん。嫌な思いをさせちゃって、今は日向さんに見せる顔がないんだ」

「……分かった。今日は戻るね。……私こそ勝手なことして、本当にごめんね」

日向さんが隣から立ち上がったことで、ベッドがギッときしむ。

そしてカーペットを踏むスリッパの力ないパタパタという音が、遠ざかっていく。

ガチャと扉が開いたが――閉まる音が聞こえない。

「耀君……。また、明日ね」

涙ぐんだ言葉の後、ドアが閉まった。何の音もしない静寂が戻ってくる。

僕は……またやってしまった。

また、日向さんに声を荒らげてしまった。また嫌な思いをさせてしまった。

いくら何でも、絶対にしていいことじゃなかった。

ただ、どうしても——僕が勇気を出して撮ってきた、写真を消していいかって軽く聞かれたこと。

それだけは、どうしても許せなかった。

写真だけは、僕が譲れないところだったから。

「ああ……このままじゃ、日向さんの心に傷を残しちゃう。これまで以上に、最悪の迷惑を残しちゃう……」

それだけは、絶対に避けないといけない。

『また明日ね』と彼女は言って戻った。

明日は開口一番、謝ろう。

心からの謝罪をして、楽しい思い出をつくり直してもらおう。

そう思っていたが……胸が、息が苦しかった。

自分の身体の限界を感じる。薬を限界まで飲んで、体調の回復を祈った。

でも、現実は残酷で……。僕の体調が朝までに、よくなることはなかった。

胸がバックンバックンと音を立て、ずっと立ちくらみしているような状態だ。

ベッドに横になっても息苦しくて、呼吸音がヒューヒューと出来の悪い笛《ふえ》のように鳴る。

あまりの苦しさに咳《せき》が出ると――。

「……痰《たん》が、ピンク色？」

自分でも初めて感じる程に、身体の状態は悪かった。

間違いなく、この状態で旅をしたら倒れる。

下手をしたら――彼女の目の前で、最期を迎えてしまう。

そう考えて、朝一番にチェックアウトをした。

駅までのタクシーを手配してもらい、川越へ向かう始発の電車に乗り込んだ。

おそらく日向さんがもう起きるだろうという時間に、メッセージに添えて彼女と約束していた写真を送った。

『昨日は本当にごめん。それと今日もごめん。ちょっと体調が悪いから始発で帰る。日向さんを一人にして申し訳ないけど、楽しんできて。また明後日、学校で会おう』

そこまで送って、荒い息をしながら目をつむる。

途中、乗り換えに間に合わなくて予定よりだいぶ遅れたけど、何とか川越の駅に着いた。

待たずにすぐ乗れるよう、タクシー配車アプリを使うためスマホを取り出したけど、バッテリーがなかった。

「だから……日向さんからの返事の、通知がなかったのか」

マナーモードで返事に気がつくよう設定していたけど、スマホは静かだった。

怒っているのか、無視されてしまったのかと思いつつ、呼吸と乗り換えに必死で確認できないでいた。

「すみません……ここまで」

何とかロータリーからタクシーに乗り、自宅の住所まで行ってもらう。

午前十時頃。

たどり着いた自宅には、誰もいなかった。

それも当然だろう。

両親は二人とも仕事だし、そもそもこの時間に帰ると連絡すらしていない。

せめて、自宅用の充電器につないで……。

日向さんに一言、電話でもいいから、謝りたい。

旅用の鞄から充電器を取り出す力は、もうない。

頭がふらつき、ずっと視界が白い。

壁を擦るように寄りかかって進み、何とか自室の机へとたどり着いた。

スマホを机の上に置き、片手で机につかまって支えにする。

残った片手で、床に落ちているはずのライトニングコネクタを手探りで探して――

ついに全身の力が抜けて崩れ落ちた。

「……ぁ」

もう声も出せない。

冷たい床に横たわった僕の目の前には――ディスプレイが割れたスマホが微《かす》かに映った。

横には、机の上に置いておいたはずのセロテープや文房具が散乱している。

力尽きた時、僕の腕が机の上をなぎ払って落ちたのか。

それでスマホの上に落ちたとか、そういうことか。……なんて不運だ。

両親が……僕にプレゼントしてくれた宝物。

僕の、大切な思い出……。

「ごめ……。ひな……たさ」

最後まで言い切ることもできず――僕は胸の痛みがスッと消えた。

全身をゾワッと伝わる何かが頭まで駆け抜け……視界は完全に白く染まった。

次に目覚めた時、眩しすぎる光の中に僕はいた。

ピッピッピッと規則正しい電子音が聞こえる。

ここは、集中治療室だ。

何度も来ているから分かる。

幼い頃に手術が終わった後や、急変の恐れがある時に運ばれる場所だ。

「──望月君、目が覚めたね。状況は分かる？」

感染予防らしいガウンやマスクに手袋、髪全体を覆うキャップをつけた人に聞かれた。

もう見慣れてしまった看護師さんの姿だった。

看護師さんの問いかけに、僕は頷くことで返事をする。

「ご家族様がいらしてるけど、面会はできそう？」

「……は……い」

声が出にくい。呼吸が上手くできないから、吐く声も掠れているのかな……。

伝わったか不安だったけど、ちゃんと聞こえたようで看護師さんが扉を開き出ていった。

身体は重いけど、呼吸はいくらか楽になっている。

鼻に変な痛みがあると思い、触ろうと手を動かすと点滴の管が何本も腕に刺さっていた。鼻には酸素を送る管が入れられている。

腕を動かすだけで胸に激痛が走って……思わず顔をしかめてしまう。

「──耀治！」

看護師さんと同じ格好をした母が小走りで寄ってくる。

父は目が真っ赤になっていた。

「かあ……さん。……とう、さん」

「ああ……。何だ？　無理しなくていいぞ、ゆっくりでいいからな」

優しく手を握ってくれた父がゆっくり促してくれる。

ゴツゴツとしていて頼もしく、温かい手だ。

「めい……わく。かけて……ごめん」

絞り出した僕の言葉に、父も母も瞳から涙をこぼしてしまう。

「バカ息子……！　父さんたちはな、一度たりとも耀治を迷惑だなんて思ったことはないんだぞ」

「そうよ、母さんたちは……どんな耀治でもいいの。いてくれることが、幸せなんだから……！」

涙で濡れた父さんと母さんの声音に、僕はなんと言っていいか、分からなくなる。

ただ、どうしても一つだけ……。

もう最期かもしれないなら、叶えたい心残りがあった。

「……スマホ、ごめん」

いい写真を残したかった。せっかく買ってくれたのに……何も残せず壊しちゃって、ごめん。

「いいのよ、耀治が生きていてくれるだけで……それで満足なの。壊れたら修理できるスマホと違って、耀治の命は一つなんだから」

「ああ、フラフラの耀治が家に入っていくのをお隣さんが見てなかったら……。間に合わなかったかもしれないからな。後でお礼を言わないと」

そうか。なんで僕があそこから助かったのか、分からなかったけど……辛そうに家に入っていく僕の姿を見たのか。それでインターホンを鳴らしても返事がないから、心配して両親へ連絡したってところだろう。

でも……僕が気になっているのは、僕が助かった理由じゃない。

「ひ……なた、さん」

苦しい息でそれだけ伝えると、母さんは理解してくれたらしい。

「夏葵ちゃんには母さんから連絡しておくわ。よくなったら会いに来てねって」

よくなったら……か。

それがもういかに難しいのかは、僕自身が一番分かっている。

もう、まともに声を出す力すらない。

痛む身体にムチを打って、小さく首を横に振った。

頼む、この状態でもいい。

迷惑をかけてしまったことを謝罪させてほしいんだ。

彼女と仲直りがしたい。

そうでないと僕は……いい思い出の花を抱いて、旅立てない。

「……すいません。今日はこの辺で」

看護師さんが申し訳なさそうに声をかけた。

「……分かりました。じゃあね、耀治。また来るからね」

「今はゆっくり治療するんだぞ」

遠ざかっていく両親に感謝を伝えることも、僕の本心を——彼女と仲直りしたいという願いすら、伝えられない。

なんてもどかしいんだろう。……悔しい。

泣きたくても、泣けない。泣こうとするとその度に呼吸が荒れて、身体を刃物で突き刺されるような痛みが走った。

謝罪もできず、仲直りもできない。泣く自由すらないなんて……。

なんて僕は、ぶざまなんだろう。

夜遅くになって、医者がやって来た。僕の身体の状態を分かりやすく説明してくれて、一つの選択を聞かれた。

それは、医療用麻薬を使うのを希望するかどうかだ。

僕は医療用麻薬を使うことが何を意味しているか、知っている。

使われる理由として多いのは——終末期の痛みや恐怖の緩和。

つまり、なるべく痛みや苦しみがなく、最期を迎えさせてあげようというものだ。

その選択肢が出された時点で、いよいよ自分に最期の時が来たんだと分かった。

医療用麻薬を使うのは……怖い。

痛みは減るかもしれないけど、副作用で眠気が特に強く出ると聞いたことがある。

眠っている間は、痛みも不安も感じないから。

副作用で眠ったら、両親へ最期のお礼を言うこともできず、二度と目覚めないかもしれない。

それは、嫌だ。確かに、もの凄く苦しくて、痛みが強い。

でも苦しくても、まだ耐えられる間は……。なるべく起きて、お別れを言いたい。

僕が「少し考えたい」と告げると、医者は小さく頭を下げて去った。

「見たい……な」

僕にとって、いつの間にか大きな存在になっていた。

多分、医療用麻薬より強烈で、痛みも不安もふっとばしてしまう。

真夏に咲く向日葵のような、あの笑顔が見たい。

暗い殻の中さえも明るく変えてしまうような——日向夏葵に、会いたい。

謝りたい……。彼女と仲直り、したい。

気がつけば、痛みに逆らってでも涙を流していた。

「ああ、そっか……。そうなんだ。——これが、恋しいって感覚、か」

もう、認めるしかない。

僕は——日向夏葵に恋をしている。

「参ったな、会えなくなって初めて……。もう二度と会えなくなると分かって、日向さんが好きだって、自覚しちゃうなんてさ……」

こんな瞬間に、好きだと認めても仕方ないのに。

ああ、いつかの……樋口さんのアドバイスの通りだ。

本当に、恋って理屈じゃないんだね。……なんて、残酷なんだろうね。

もうすぐ、恋をしていた、に変わる想い。

そう考えた瞬間だった。

全身に激痛が走り、異変を検知した機械から、けたたましいアラーム音が鳴り響いた。

「い、うう……！」

それでも涙は溢れてきて、医師や看護師たちが慌ただしく動き出す。
「望月君、大丈夫⁉　どの辺が苦しい⁉」
僕はぐしゃぐしゃになった顔で首を横に振る。
違うんだ。身体のどこかが痛むとか、そうじゃないんだ……。
胸の奥が……心が痛い。
日向さんと顔を合わせしっかりと謝りたいのに、僕はもう長くない。
あの花が綻ぶような満面の笑みが見たいのに、僕はもう……。
僕は──最期に心残りができてしまった。

それから何日が経《た》ったのか。
ずっと窓もない病室のベッドから動けずにいるから、よく分からない。
とっくに時間感覚は失われている。
もしかしたら、一日も経っていないのかもしれない。
この歳《とし》でオムツをはかされる屈辱《くつじょく》も、もう何も感じなくなってきた。
あれから再び両親が面会に来てくれて、「大丈夫だから、すぐに落ち着くからな」
と、笑って励ましてくれた。
僕にとっては、その無理をした笑みを見るのが凄く悲しくて、申し訳ない……。

沢山声をかけてくれたが、日向さんの話やスマホの話は一切出なかった。

よくない話は、なるべく聞かせないようにしてるんだろう。

つまり、機種自体が古いスマホを直すのに苦労してたり──日向さんから、返事がないんだろう。

それはそうだ。

一度ならず、二度までも僕は、彼女に声を上げ怒ってしまった。

まして、旅の二日目には一人で先に帰ったんだ。

許されないのも……無理はない。

いつ最期が来るのか、分からない。

結局いい写真も残せなかった。『深みのある解像度』の答えも分からないままだ。

どうしようもない後悔に、心を痛めている時だった──。

「──望月さん、臓器提供ドナーが見つかりましたよ」

「……え？」

「突然ですが、これから手術です」

医者が何を言っているのか、僕には理解できなかった。

「望月さんが、長く希望を捨てずに生き抜いた成果ですよ」

十七年間も現れなかった、僕の血液型に合致するドナーがこのタイミングで見つかるんて。

ついに僕は、幻覚を見ているのだろうか。

喜びなんかより、信じられない、理解ができない気持ちが強い。

「ご両親も既に、こちらへ向かわれていますからね。また手術後お会いできるよう私も全力を尽くします。望月さんが長く捨てなかった希望に、お応えができるように」

医師は、燃えるように真剣な瞳で僕を見つめ、ギュッと手を握ってきた。

ドナーが見つかっただけで、全てが上手くいくわけではない。

本番はここからという気持ちが伝わってくるけど……。

あまりに、タイミングがよすぎるだろう。

最期の最期になってドナーが現れたなんて、そんな都合がよすぎる話、信じられるわけがない。

幻覚、幻聴でもなければ、有り得ない展開だ。

物語にしてもあまりにも陳腐《ちんぷ》で、笑えない冗談だ。

そんな驚きとは裏腹に、何人もの看護師さんがやって来て、ベッドシーツごと僕をストレッチャーに乗せた。

そのまま変化のない白い天井を見上げていると、エレベーターに乗り手術室へと運ばれていく。

全く、現実感もない言葉だったのに……。

これは冗談でも口先の励ましでも、何でもないんだ。

これから僕は、本当に心臓移植手術を受けるんだと理解した。

つまり――この手術が上手くいけば、日向さんに、また会える？

そう考えると、痛む胸に溢れる想いが止まらない。

涙が、勝手に溢れてくる。

日向さんに、また会えるかもと思うと、嗚咽《おえつ》が止まってくれなくて……。

質問の一つもできず、「麻酔をかけていきますね」と酸素マスクをつけられ――。

次に目が覚めたら……またベッドに戻っていた。

夢を見ていたのかと思った。

だけど、こんな都合がよすぎることが夢じゃないのは――泣いている両親と、鼻を刺激する血や消毒剤のにおいで理解した――。

心臓の移植手術を受けてから、数日が経過した。

落ち着いてから分かったことだけど、僕の手術日は夏休みの最終日だった。

つまり、箱根から帰ってきた翌日だったらしい。

入院から手術まで、たった一日しか経っていなかったなんて、予想もしていなかった。

手術を無事に終えた今となっても、僕はまだ集中治療室で経過観察を受けていて、自由に動けない。

僕にとって人生とは、余命まで何をするかというもので、それが突然『もうあなたは悪いところがなくなりました』と言われても、意味が分からない。

長年付き添ってきて、僕にとっては心臓の制限があるのが当たり前だったのに。

これから先は三週間ぐらいリハビリをして、通院を終えれば通常の人とほとんど変わらない生活ができると言われた。

でも通常とは一体、何なんだろう？

皆にとっての通常は、僕にとっての異常なんだ。

予定通りなら九月の下旬には退院できるらしい。

忙しい中お見舞いにきてくれた母に、スマホのことを聞いてみた。

連絡したい人たちがいる。どうしても連絡を取りたい人が、いるから。

「……今はまだ、修理中なの。業者に送ってるから、時間がかかるらしいわ」

そうなのか。

ボヤッとした記憶だけど、画面がかなり割れていたからな。

「早く三人に連絡したいな」

「……そうね」

「母さんからさ、日向さんたちに連絡してくれないかな？　特に日向さんには、謝らないといけないことがあるんだけど……。その前に、手術の成功だけでもせめてさ」

僕がそう言うと、母さんは小さく首を振った。

「謝ることがあるなら、退院してから自分でちゃんと謝りなさい。……人伝《ひとづて》なんて、絶対ダメよ」

「そう、だよね。分かった」

「まずはゆっくり、強い刺激を受けずに、落ち着いてしっかり治しなさい。後のことは、それから考えればいいわ」

なるほど、母さんの言う通りだ。

自分で彼女を傷つけたんだから、自分の口で直接謝るべきだよな。

まずは、しっかり治さないといけない。

今まで全く考えられなかった、未来が続くんだから。

自分の心臓に制限がなくなったら、きっと皆と同じように旅ができる。

箱根では観光しようなんて気持ちは全くなかった。『いい写真を早く残そう』と、焦ってばかりだった。

そんな僕のペースと普通に旅がしたい日向さんが上手くいくはずがなかったんだ。

「……直接謝りたいけど、日向さんは来ないな」

以前は怒鳴られた翌日でも、お見舞いに来てくれたのに。

本格的に僕へ愛想を尽かしてしまったのかもしれない。

集中治療室内へウイルスや菌を持ち込ませないため、キャップやマスクにガウンなどで、彼女が完全防備をしている姿が、そもそも想像つかない。

少しでも脳内で考えようとすると、思わず顔が緩んだ。

「似合わないな。絶対に」

だって、元気の対義語が病気なんだから。

元気の代表みたいな彼女が集中治療室に来るなんて、似合うはずがない。

むしろ日向さんは、看護師さんとか似合いそうだな。

人に笑顔を与えて元気にできるから。

元々、彼女には友達が多い。

新学期が始まって川崎君や樋口さん、それに他の友達と忙しく過ごしているのかもしれない。

箱根で見た、辛そうな日向さんの顔を思うと、ズキッと胸が痛む。

許してもらえないかもしれないけど……キチンと謝りたいんだ。

少し寂しいけど、今は僕のことは忘れていてもいい。

他の誰かと笑って過ごせているなら、それが一番いいことだ。……そう、いいことなんだ。

「僕の心臓が本当に治ったなら……。未来を見られるなら、日向さんに想いを伝えたい。フラれても自業自得だけど、僕は……やっぱり、彼女が大好きすぎるから」

眩しく笑う日向さんを、悪戯っぽく笑う可愛い表情を、思い返す。

途端、好きという感情が溢れて、鼓動が高まる——。


そうして、三週間が経過した。

この三週間、リハビリが辛くて心が折れそうになったこともある。

それでも、やっと動けるようになった。

できることが増えたんだって実感してきた。

胸に手を当てれば心臓がバクバクと身体中に血液を運んでいるのが分かった。

それが嬉しくて、不思議とまだまだ頑張ろうと前向きになれる。

いや、心臓の音を感じていると、生きているんだと実感できた。

「本当に、ありがとう」

ドナーのご遺族に感謝を言いたくて医者に相談をしたけど……。

その時の会話では、少し注意をされた。

『ドナーが誰かは、例外なく言えない決まりです。臓器提供の承諾は即座に迫られますが、家族の死とは、受け入れに時間がかかるものです。大切な家族の死をまだ受け入れられない遺族が「あなたの家族の臓器を提供してくれてありがとうございました」と言われたらどう思うか。中には、なげく人もいるでしょう』

という説明だった。

考えてみれば当然のことなのに、教えてもらえるまで気がつかなかった。

僕は、浮かれてるのかもしれない。

胸に手を当てて、改めて心の中でお礼を言う。

「退院したら、どこに行こう。撮影しながら、皆と同じように遊べるんだ」

川崎君や樋口さん、日向さんと沢山いい思い出をつくれるかも。

戻って仲直りしたら、彼女たちと何をしようか。

今度は四人で旅をしながら写真を撮るのもいいかもしれない。

今までやらなかったカラオケとか、身体の影響で行けなかったボウリングとかも行ってみようかな。

普通の高校生みたいに、そういうところに行くのもいいかもしれない。

初めてだらけの挑戦は緊張するけど……。

川崎君や樋口さん、それに日向さんが一緒にいると思うと、凄く面白そう。

こんなにワクワクするのは、生まれて初めてかもしれない。

生きることが、明日や未来を考えるのが、こんなにも楽しみだなんて。

「日向さんに元気になったって言ったら、何て返してくれるだろう。また色んなことに巻き込まれたり、連れ回してくれるのかな？」

もし僕の隣に、あの満開に咲く向日葵のような笑顔を浮かべる彼女がいてくれたら――。

「それは、最高に幸せだろうな……」

都合がいい幸せな恋を妄想して、思わず笑ってしまう。

僕がこんな未来のことを考えて、心晴れやかにウキウキする日がくるなんてね。

――そう。

僕は間違いなく、浮かれていた。

「本当にお世話になりました」

検査結果も全て安定して、日常生活には全く問題ないぐらい動けるようになり、退院日を迎えた。

僕は両親と一緒に病院でお世話になった人にお礼を言って、車へと乗り込んだ。

「僕のスマートフォンは直ったの？」

「………」

自宅へ向かう車内。

母さんは僕の問いに答えなかった。ただ、黙っているだけだ。

「耀治の部屋に置いてある。……後で確認しなさい」

「そっか、分かった。ありがとう」

代わりに答えたのは、運転している父さんだ。

スマホは無事に修理できたのか。安心した。

結局、お見舞いには誰も来なかった。

入院してることや、場所を伝える手段もなかったし、仕方ない。

帰ったらすぐ日向さんに、手術をして退院したと報告をするべきだろうな。

家に帰ってから、やらなければならないことを考えていると——。

「……耀治。感謝はね、自分の行動で示すのよ」

と母さんが言った。どういう意図でその言葉を伝えたのかは理解できない。

でも、大切なことだなと思い「分かった」と返事をした。

自室で久しぶりに見たスマホは、綺麗に直っていた。

鞄を床に下ろして、早速スマホを開くと——。

「……何、これ？」

信じられない程の通知が来ていた。

メッセージアプリは表示できる上限の通知件数にまでなっている。

恐る恐るアプリを開くと、川崎君と樋口さんからとんでもないほど通話がかかってきている。

少し怖くなりながらも、一番近くに着信履歴が残っていた川崎君に通話をかけると――。

『――望月か⁉　お前、今どこにいんだよ⁉　なんでずっと返事しなかった！』

トイレにでもいるのか、何かに反響する大きな声が聞こえてきた。

「えっと……。ごめん、心臓の手術で入院してて」

『そう……か。それでも、それでもよ！　ちくしょう……！』

怒鳴るような勢いだった川崎君の声が、徐々に苦しみながら絞り出すものに変わってくる。

僕は何が起きているのか分からず戸惑い、何も言葉を返せずにいると――通話先から『貸して、ウチが話すから』と言う樋口さんの声が聞こえてきた。

『……望月、聞こえる？』

「樋口さん、うん。聞こえるよ。あの……」

ずっと連絡できなくてごめん。

そう伝えようとした時――。

『――夏葵が……死んだ』

「……え？」

『夏葵が、死んじゃったんだよ……！』

涙で震える樋口さんの声を聞いて――思わずスマホが、するりと手から落ちた。

立ちくらみのように視界が歪む。

心臓が勝手にバクバクと血液を送って身体が揺れる。

新しい心臓のおかげで、倒れることはなかったけど――頭の中は真っ白だった。

最終章　君の名残は

僕が退院した日、日向夏葵の葬儀は、もう終わっていた。

彼女の死を知った時には、何もかもが遅すぎたんだ。

多くの人に涙で見送られたお通夜も終わり、彼女の遺骨は自宅へ帰ってるらしい。

彼女の死を知らされた日の夜、僕は自室の床に蹲まったまま動けなかった。

ひたすら日向さんとやり取りしていたメッセージを最初から見返して、最後のメッセージに既読がついているのを確認して。

そしてまた一番上までスクロールをして、初日から見返すのを繰り返し続けた。

日が暮れても電気すらつけず暗い部屋に座ったままの僕を見ても、母さんは何も言わない。

心が追いつかない僕を一人にしてくれた。

母さんは、きっと彼女の死を知っていたんだ。

だからあえて入院中は日向さんの話題を避け、自分の治療に集中できるようスマホも病院へ持ってこなかったんだろう。

いい写真を撮る。

その目的のために、彼女には旅に付き合ってもらったり、沢山支えてもらった。

その恩を返すためには、前を向いていい写真を撮るべきなんだろう。

でも——。

「『深みのある解像度』、僕だけじゃ分からないよ。……君に見てもらわなきゃさ」

日向さんが亡くなったと電話で聞いた日の放課後、すぐに川崎君と樋口さんが僕の家に来た。

僕がそれまで一体、何をしていたか。なぜ入院していたのか。

それを伝えると二人はやつれた笑顔で
「治ってよかったな。……おめでとう」

と喜んでくれた。

「いつ、日向さんは亡くなったの？」

「先生からウチらに連絡がきたのは、夏休み最後の日だった。突然、夏葵が病気で亡くなったって……」

夏休み終了前日に、彼女が亡くなった？

それは、つまり――。

「日向さんは……。箱根から帰ってきた翌日に、亡くなった……？　嘘、でしょ？」

「……俺らにはさ、分かんねぇんだ。突然の病気とか言われても受け入れられねぇ」

「たまにフラついたり、目眩がするとは言ってたけど……。ウチらにも、あるぐらいだと思ってた。でも今になって思えば、公園で夏葵とハグした時、痩せてたのは病気のせいだったのかなって……」

「なぁ、箱根で夏葵は、病気の様子があったのか？　そんな、翌日死んじまうような
さ……」

血の気が引いていく。自分の罪を自覚して、胸が痛い。

だって箱根での彼女は、常に元気で……。

突然の病気の理由とか、考えられるとすれば……。

「僕の、僕のせいだ……」

「……望月？　顔色真っ青だよ？　僕のせいって、どういうこと？」

「僕が、喧嘩なんかして日向さんにストレスをかけたから！　だから、だから！　日
向さんは急に体調を——」

「——おい、落ち着けって！　過呼吸になってんぞ、ゆっくり深呼吸しろ！」

パニック状態にあった僕の肩を、川崎君が掴んだ。

樋口さんも、僕の背を撫でて落ち着かせようとしてくれる。

おかげで状況を説明できるぐらいには、落ち着いてきた。

「……ごめん。僕は箱根旅行の二日目、一人で始発で帰って……。そのまま入院し
ちゃったんだ。前の日の夜、喧嘩して僕が日向さんを傷つけちゃった時は……。日向
さん、いつも通り明るく元気だった」

「そう、だったんか……。お前、喧嘩別れしちまったんだな」

「僕は、謝らなきゃいけなかったのに！　スマホも壊れて、自分の身体に手一杯で！　身勝手で、都合のいいことばっかり考えてた！」

「望月……。あんたが辛いのは分かる。でも、責められないよ。あんただって、手術するぐらい体調が悪かったんだから。……ウチらだって夏葵のこと、もっと気にかけてやるべきだったのに！」

樋口さんが、泣き出してしまった。

違う、違うよ。樋口さんは、悪くない。

悪いのは全部……彼女が突然、死んじゃうぐらいストレスをかけた僕だ。

「僕は、彼女に謝らなきゃいけないのに……。お葬式にすら参加しなかった、最低の人間だ……」

泣く権利すら、僕にはない。

本当に泣きたいのは、日向さんだろうから。

後悔と罪の意識で動けない僕の背を、頭を、二人は撫で続けてくれた。

いくらか、僕の呼吸が落ちついてきた時だ。

川崎君は
「葬式に行けなかったんだから、望月はお線香だけでもあげに行ったらどうだ？　ちゃんと夏葵に挨拶して、さ」

と言ってくれた。

幸いにも樋口さんが日向さんのお母さんの連絡先を知っていたようで、土曜日の午後からなら家にいるという返事をすぐにもらえた。


そして土曜日。

今日は三人で日向さんの家へ行くことになった。

ちょっと前までの予定なら、僕と日向さんは逆の立場だったはずなのに。

僕の脳内は真っ白で、何もかもが理解できない。

全身に力が入らないし、視界だってぼやけている。

カーテンを閉め切った部屋でそう考えていると、部屋の扉が開き、聞き慣れた声が聞こえてきた。

「……耀治、お友達が迎えに来たわよ」

「……うん」

僕はふわつく身体に力を込めてゆっくりと立ち上がり、玄関に向かい歩く。

「……よう」

「望月……あんた、ちゃんと食べてる？」

玄関で待ってくれてた二人に顔を見せると早速、樋口さんに心配されてしまった。

そんなに、今の僕はひどい顔をしてるのかな。

もしかしたら……しているのかもしれない。

もう四日ぐらい、食べては吐いてを繰り返しているんだから。

「僕の心臓が治ったことも、日向さんが亡くなったことも……。全部、現実感がないんだ。これ、夢じゃないのかな？　目が覚めたら、僕はまた集中治療室のベッドの上なんじゃないかって……そう思うんだ」

川崎君も樋口さんも、泣き出してしまった。

それなのに、僕は涙も出ない。

「せっかく心臓が治ったのに、お前がそんなこと言うなよ。夏葵が聞いたら、悲しむだろ……。これから、夏葵に会いに行くんだろ……！」

「そうだよ、仏壇には、まだ夏葵がいる。……ちゃんと感謝して、笑って送ってやりなよ。あんたがそう送られたいって願った最期を、夏葵にもしてあげなよ」

友人の死を笑って見送ってくれというのは……。

こんなにも無茶な願いだったのか。

「……ほら、ちゃんと前を向いて歩け。お前、何て目……してんだよ」

「……行くよ、望月。目の焦点、合わせて」

僕は今、目の焦点が合っていないのか。

よく見えないと思ったら、そうか……。

どうりでピントがズレて、視界がぼやけているわけだ。

左から樋口さん、右から川崎君に腕を組まれ、僕は引きずられるようにして日向さんの家まで連れていってもらった――。


「――いらっしゃい。今日は夏葵のために、ありがとうね」

「おばさん、急にすみません。この度は、その……なんと言っていいか」

一軒家のドアを開けると、日向さんのお母さんが出迎えてくれた。

「無理に他人行儀にならないでいいのよ。前遊びに来たみたいに笑って。多分、あの子も、それを望んでるから……」

光のない目で薄く笑っている日向さんのお母さんに、僕たちもなんて返せばいいのか分からない。

僕たちは促されるままにリビングへ通された。

四人用のリビングテーブルの上に、次々アイスコーヒーが並べられていくが――。

「望月君は、どっちの子かしら？」

「……僕です」

「そう。それなら、あなたは、お水ね」

そう言って忙《せわ》しなくキッチンへと戻っていった。

なんで僕だけ水……。あ、もしかして僕の心臓が治ったことを知らないのか。

カフェインは心臓に悪いから控えるように言われていたから。

日向さんが、お母さんに僕の心臓病について話していたんだろうな。

僕の前に水が入ったコップが出され、お母さんも目の前の席に座り、コーヒーを飲み始めた。

上品にカップを持ち、音をさせずにソーサーへ下ろして微笑んでいる。

こう言ってはなんだけど、日向さんのお母さんっぽくないなと感じた。

日向さんなら、グイッと飲んで『美味しいね！』と快活に笑いそうだ。

それか、『ちょっとまだ私には早いみたい……！』と言って苦い顔をするかもしれない。

見たい。

本当はどんな反応をするのか……見てみたい。

「改めて、今日は来てくれて、ありがとうね。家は駅から離れてるから、大変だったんじゃない？　夏葵も、友達が来てくれて喜ぶわ」

確かに駅からは離れているけど、僕の家からは近かった。

日向さんの家は、僕の家より少し川越の外れにあるだけだ。

「夏葵に会えるなら、全然遠くないです……。ウチらは夏葵がいなきゃ友達ができなかったんで」

「そう、あの子がね……。そんなことを言ってもらえて、本当に喜んでると思うわ」

こらえられなくなったのか、お母さんの目に涙が浮かび上がった。

樋口さんや川崎君も、涙が零れ落ちないよう耐えている。

僕は……何も言えない。

僕にとっての日向さんという存在を語るには、出来事が多くて関係が複雑すぎる。

一言で『お世話になった友達です』なんて、片付けられるような関係じゃない。

川から流れてきた日向さんと出会って、旅に連れ回されて……。

暗い殻から引きずり出してくれたんだ。

天敵だと思っていたのに、いつの間にか大切になってしまった人を、たった一言でまとめたくなかった。

「……ごめんなさい。涙なんて枯れたと思ってたのに。水分を摂ったからかしらね」

お母さんの、嗚咽交じりの声が悲痛すぎて……。

川崎君は、樋口さんや僕に目配せをしてから口を開いた。

「その、今日は夏葵にお線香だけでも、あげられないかなって……」

「ああ、そうね。ごめんなさいね……。仏間はこっちよ。ついてきて」

慌ただしくお母さんが席を立ち、リビングから廊下へ出て先導してくれた。

後ろを続いて歩く僕たちは小声で、

「おばさんも精神、まだ不安定みたいだし、早めにおいとましよう」

「ああ、分かってる。望月もいいよな？」

と会話をした。

その意見には僕も同意だから、小さく頷いて返した。

お母さんの姿を見て、病院で医者が話してくれたことを思い出す。

大切な家族を亡くした遺族が負う、心の傷をなめていた。

「この和室に後飾《あとかざ》りがあるの。──夏葵。舞ちゃんたちが会いに来てくれたわよ」

和室前の廊下、一番後ろにいる僕からは、まだ見えないけど……。

そこに日向さんの遺骨や、遺影が安置されているらしい。

お母さんが祭壇に話しかけた後に「ほら、入って」と促し、僕たちも順々に和室へと入っていく。

「夏葵……来たよ」

「今日は望月も連れてきたからな。ほら、望月」

川崎君に手を引かれ、僕も前に出された。

僕は彼女の遺影や遺骨に……なんて声をかけるべきなんだろう。

やっぱり……謝罪からかな。

まずは箱根の旅で怒ってしまったことを、お詫びすることから始めないと……。

それから、僕に色々な世界を見せてくれたお礼を言おう。

話すことを決めてから俯いていた顔を上げ――彼女の遺影を見た。

「……え？」

「……どうした、望月？」

固まっている僕を見て川崎君が声をかけてくれる。

それでも僕は、目の前にある写真に目が釘付《くぎづ》けで……動けなかった。

だって、その遺影に写っているのは……。

ここ数日、ずっと見ていた日向さんの笑顔と、全く同じだったから。

「なんで……」

この笑顔は……箱根の遊覧船で笑っていた時のものだ。

つまり――僕が撮った写真だ。絶対に間違えるわけがない。

湖と山々、そして湖に突き立つ鳥居を背景に満面の笑みの日向さんが写っている。

最後の箱根旅行、はっちゃけている日向さんの姿が思い浮かぶ。

僕がちょっと勘弁してくれと思った瞬間が、まるで昨日のことのように思い起こされる。

写真を集中して撮りたかった僕に、元気に話しかけてくれた日向さんが、目の前にいる感覚になってしまう……。

立ち尽くしたまま動けない僕の背をポンと叩き、川崎君や樋口さんが先に遺影と遺骨に向かい、手を合わせている。

普通、遺影に使われるのは、生前でもっともその人らしい姿が写っている、思い入れのある写真だ。

なんでそこに、僕の撮った写真があるんだ？

日向さんは、僕の写真を『好きとも嫌いとも言えない』って言ってたじゃないか。

それなのに……。なんで、なんで……。

答えの出ない疑問に、頭の中がグルグルしてしまう。

「望月……行ける？」

手を合わせ終えた樋口さんが声をかけてくれた。

僕は小さく頷き、白い布で覆われた祭壇の前に正座する。

線香を立て、遺影に写る日向さんへと手を合わせた。

祭壇には、彼女の遺骨もある。

でもそれが日向さんだなんて、僕には信じられないし、まったく現実感がない。

脳内で、あの日——箱根でふざけていた日向さんの笑顔が浮かんでは消えていく。

日向さん。君と会えなくなって……。
やっと僕は気づいたんだよ。
セミや鳥が片翼《かたよく》では空を飛べず地を這《は》うしかないように、日向さんがいたから……
僕は前向きに生きることができたんだ。
君がいたから、暗闇の殻から飛び出ることができたんだよ。
ポッカリと心に空いたこの隙間には、後悔がどんどん入り込んでくる。
謝りたい、君と一緒に笑いたい。
からかわれても、振り回されても、いいよ。
好きで仕方ない君に、また会いたい……。
「……おい、望月。大丈夫か？」
正座して手を合わせたまま動かない僕を見て、川崎君が声をかけてくれた。
僕は小さく頷き立ち上がろうとしたが——。
「お、おい！　大丈夫か!?」
転びそうになった僕の脇《わき》を、二人が支えて立たせてくれた。
あまりにショックを受けたせいか、足に上手く力が入らない。
でも友人たちは、そう思わなかったみたいで……。
「お前、やっぱまだ心臓が……！」

「病院行く？」

「いや、大丈夫……」

心臓に問題があるんじゃないかと心配してくれた。

でも、ごめん。違うんだ……。

ただ、頭がぐるぐるして、力が上手く入らないだけなんだ。

そんな僕の様子を見て、お母さんも勘違いしたのか――。

「望月君は心臓が悪いのよね。少しリビングで休んでいって。夏葵を助けてくれたお礼もしてなかったし。……私もゆっくり望月君と、お話がしたいわ」

お母さんも心配そうに近寄ってきてくれて、リビングで休むように促した。

「……お願いします。僕も、お母さんと日向さんの話をしてみたかったので」

僕がそう言うと樋口さんと川崎君は、心配そうな表情を浮かべながらも、ゆっくり支えていた僕の脇から手を離した。

「……おばさん、じゃあ少しだけお願いします。もし、望月の体調が悪くなったら、すぐにウチらにも連絡ください」

「望月。辛かったら、素直に言うんだぞ？　……俺らは、友達なんだから。キツい時は支え合うもんだかんな？」

「分かった。……二人とも、心配してくれてありがとう」

僕はお母さんと一緒に、二人が玄関から出ていくのを見送った――。

「……望月君、娘が川で溺れた時に助けてくれて、ありがとうね。……おかげであの子は、半年も長く生きられたわ」

「いえ……。僕はそんな、お礼を言われるようなことは、してないんです」

あの時の僕は、自分には未来がないと決めつけて、目の前に流れてきた意味ある死へ飛びついただけだ。

「それでも、あの子は楽しそうだった。あなたが抱える病気のことを知った時は、凄く嬉しそうだったわ」

「嬉しそう……ですか？」

「嫌な風に勘違いしないでね？　夏葵は、自分と同じような境遇《きょうぐう》の望月君と会えて嬉しかったと思うから」

「僕と日向さんが、同じ境遇……？」

何だろう。

さっきから会話が噛み合ってない気がする。

「……もしかして、夏葵から何も聞いてないの？」

少しだけ目を丸くしたお母さんに

「……彼女の口グセは、『秘密』でした」

彼女が、僕に何も話してくれなかったことを伝える。

僕は彼女のことを、何も知らない。

『深みのある解像度』も、彼女がなぜ不思議な程に僕へつきまとってきたのかも……。

全て明かさないまま、彼女はこの世を去ってしまった。

「そう……。きっと、最期まで笑って過ごしたかったのね。……夏葵らしいわ。あの子がもういない以上、私から秘密を伝えていいものなのかしら……」

お母さんは考え込み、二人の間はカチカチと時計の秒針が動く音に支配された。

気まずい沈黙が流れている。確かに故人の秘密を言うのは、ためらわれるだろう。

それでも、僕は――。

「――それでも、僕は知りたいです」

「……夏葵から聞いていたよりも、ずっと自分の意思を言える子なのね。望月君は……」

「それは……全て、彼女のおかげです」

「そう……。分かったわ、話しましょう」

どんな秘密が出てくるかは分からないけど、僕は知りたかった。

大切な人だと思う今――彼女の、どんなことだって知りたかった。

「夏葵はね……二十歳ぐらいまでには寝たきりか、亡くなるかもって言われてたの」

「……え？」

あまりに予想外の言葉が聞こえた。

あの日向さんが……未来が見えない病気を、抱えていた？

全く考えが追いつかない。

だって、いつも彼女は快活に飛び跳ね、満面の笑みで笑っていて……。

まるで――。

「元気な向日葵のような……彼女が？」

「そう。先天的に脳の血管に異常があってね。何度も手術したけど……治らなかったの。昔は人生に絶望して、ずっと部屋にこもって泣いていたのよ」

そんな日向さんの姿、想像がつかない。

「あの子が明るくなったのは、小学校の高学年かしら。急に『私は残った寿命、絶対に無駄にしない。動けるうちに、楽しく明るく過ごす』って言い出したの」

同じように……身体に爆弾を抱えているのに。

彼女が選んだ余命への向き合い方は……僕と真逆だ。

「小さい頃からね、脳の血流が悪くなると目眩がして、たまに失神もしてたのよ。その度に隠れて泣いて……。親として、これ程に辛いことはないわ」

　人格をつくるのは、環境だと思っていた。

　でも日向さんは──僕と似た境遇でも、僕とは違うように成長していったんだ。明るく前向きに、自由に生き抜いて最期を迎えてやるって。

「よく鏡の前で、笑顔の練習をしていたのよ。明るく振る舞って友達が沢山できるようにって。こんな友達がいたらいいなって理想に、自分がなるんだって言ってたわ」

「……目標を持って、生きてたんですね」

「そうね。嫌だとか負の感情を覆い隠すように笑っていたみたいだけど……。正直、親からするとバレバレでね。むしろ、無理してる八方美人な子に見えたわ」

「何でいつも、こんなに笑顔なんだろうって、僕はずっと思ってました」

　僕に怒られても、翌日には笑顔で現れる。

　普通なら避けるようになっても、おかしくないだろうに。

「彼女は、謎だらけで。まだまだ、聞きたいことがあるんです」

「何かしら？」

「あの遺影……。あれも、つくり笑顔なんでしょうか？　あの写真、実は僕が撮ったもので……」

僕がそう言うと、お母さんは儚《はかな》げな笑みを浮かべた。

「望月君、あなたの前では多分……ずっと隠さない素の表情だったと思うわよ？」

「え……」

「親の目から見てだけどね。四月に二人で、熱海に撮影旅行に行ったじゃない？　あれから望月君のことを話す笑顔に、ほとんど嘘を感じなくなったの」

彼女が、僕には嘘のない笑顔を向けてくれてた？

「それから、どんどん自然に笑っていって……。一番スッキリした顔をしていたのは——この前の、箱根旅行から帰ってきた時かしら」

「そんなわけが……」

「……どうかしたの？」

お母さんは、僕の言葉に首を傾げた。

「あ、いえ……。それは、さすがに気のせいだと、思います」

「あら、なんでそう思うの？」

「だって……。あの旅行で僕は彼女と喧嘩して、ひどいことを言ったんです。ずっと謝りたかったのに。それなのに……直接謝る機会すらなくて」

情けなくて俯いてしまう。

「ああ……。そうだったの。ごめんなさいね。それなら、お互いに仲直りしたかったでしょうに……。――あの子、夜に箱根旅行から帰ってきてね。翌朝には……ベッドの上で、眠りから覚めなくなってたから」

喉の奥がキュッとしまって――呼吸が止まったかと思った。

「箱根旅行の帰りなのに、なぜか制服を着て帰ってきて……。新しく印刷したって、写真を持ってきたの」

私服じゃなくて、制服……？

あの箱根旅行。僕と別れてから、学校にでも行ったんだろうか。

「印刷したての写真をね、アルバムへ大切に挟んでたのよ。『将来の有名カメラマンの写真だから、ファン一号として大切にしなきゃ』って言ってね」

そう言うと、お母さんは大切そうに一冊のアルバムを持ってきた。

「このアルバムにあるの、全部ね――望月君が撮った写真よ」

信じられない……。

パラパラとアルバムをめくって見ると、確かに僕の撮った写真だ。

「SNSに上がった写真は全て印刷してるって。……亡くなる前の夜、『私を撮ってくれたんだ』って、嬉しそうに渡してきてね」

これを全部……。僕の写真を好きでも嫌いでもないと言っていた、日向さんが？

僕の写真は、君の心を動かせない、ただ綺麗なだけの写真じゃなかったの？

日向さん。愛《いと》しい君のことなのに、僕は最後まで君の言動が分からなかったよ……。

「だから遺影に使わせてもらったの。夏葵が……喜ぶと思ったから」

「僕の写真を好きな様子なんて……全く見せなかったのに。そもそも彼女は、体調が悪い素振りすら僕には……」

「きっと望月君には、体調が悪いところを見せたくなかったのかもね」

僕の前では、弱味を見せないように強がってた？

いや、よく思い出せば……。足下がふらつくことがあったり、箱根旅でも汗が凄かったり。それに僕の腕を掴む力が、前より弱々しくなってたり……。

体調が悪化してる予兆は、あった。

ただ僕が日向さんを、ちゃんと見られてなかっただけだ……。

「……最初はただ、寝坊してるんだと思ったわ。幸せそうに目を閉じていたし……。でも大声で話しかけても揺らしても、全く反応がなくって……。すぐ近くの大学病院に急いで運んでもらったけど、ダメだったの」

「すぐ近くの、大学病院に……」

この辺りの大学病院なんて、一つだけだ。

同じ時期、同じ病院で——僕は集中治療室に入っていた。

すぐそばまで……彼女は来ていたのか。

「あの子との約束でね……。脳死状態になった夏葵は、臓器提供ドナーになったわ」

「――ぇ」

「川に転落した後、急に真剣な顔をしてね。私たちにドナー登録をしたいってお願いしてきたの」

胸の心臓が、ドクンと跳ねた。

「夫と一緒に悩んだけど、理解したわ。……だって、だってね。あの子が真剣に望んだことだったから……！」

お母さんが、ボロボロと涙を流し始めた。嫌な予感がして、指先が震える。

新しい心臓が、ドッドッドと暴れ始めた。

涙を流しているお母さんの言葉に――まさか、まさかと思う。

いや、でも……。

「あ、あの……」

僕は、喉から言葉を絞り出した。

「……日向さんの、血液型は？」

「AB型の、Rhマイナスよ。珍しい血液型だけどね。でも……あの日、同じ病院に適合する人がいたみたいなのよ……」

「――ぁ……ぁあ」

嘘だろう、まさかそんな——。

稀《まれ》なＡＢ型のＲｈマイナスの血液型で、あの日、あの大学病院で心臓移植を受けた人間なんて……。

そんなのは……。

全身から血の気が引いていく。

有り得ない、信じられない。

そんな偶然が起きるのは、フィクションの世界ぐらいだろう……。

よりにもよって——僕の胸に、日向さんの心臓が移植されたなんて……。

「ごめんなさいね、望月君。あなたは夏葵を救ってくれて、本当の笑顔までくれた恩人なのに……。親の私が、こんな風に泣いて接するなんてダメよね……」

違う、違う違う違う。

僕は恩人なんかじゃない。

お母さんを泣かせている原因の一部は……僕だ。

『大切な家族が亡くなって、まだ受け入れられない遺族が「あなたの家族の臓器を提供してくれて、ありがとうございました」と言われたらどう思うか』

言えない。そんなことは……言えるわけがない。

その後、僕はずっと上《うわ》の空で……。

心配してくれたお母さんが車で送ると言ってくれたけど、僕は断った。

とてもじゃないけど、日向さんの家族と一緒にはいられない。

僕は逃げるように、日向家を去った――。


気がつけば、川沿いに来ていた。

「……また、流れてきてよ」

ここは、初めて日向さんと会った川だ。

上流を眺めても、川上から人なんて、流れてくるはずもない。

「嘘でしょう、神様。……なんで誰からも愛される日向さんが死んで、僕みたいに暗くて……。自分ですら、自分が嫌いになるようなヤツを、生き永らえさせるんですか……！」

服にシワがつくぐらい強く、左胸をギュッと掴む。

「そんなの、間違っているじゃないか。――君こそが生きるべきだったのに……！

なんで、なんでなんだよ……!?」

叫んだところで、答えは返ってこない。

胸に手を当てて聞いても、答えはない。

新しい心臓が――日向さんの心臓が……。

ドクンドクンと一定のリズムで鳴っているだけだ。

「こんなの……ないよ」

川沿いをふらふらと歩くと、一本の向日葵が――枯れていた。

生命力溢れて咲き誇っていた姿が嘘のように、茶色くしおれている。

哀しい秋の心と書いて、哀愁《あいしゅう》。

常に太陽を見ていた元気な向日葵の心まで、秋には哀しいものに変わってしまうのか。

「……そんなとこまで、向日葵に似なくていいじゃん。君は、秋も冬も活力に溢れてよかったんだよ。……僕が日向さんのことを向日葵みたいって言ったのはさ、笑顔のことだったのに！　そんなところまで、似ないでよ……！」

こぼれ出てきた涙で、向日葵が滲む。

そっと向日葵に触れると――ポロポロと崩れてしまった。

ピントがまたズレていくように視界が歪み、頬を熱い何かが伝っていく。

僕は彼女との思い出がある場所を当てもなく歩き続け、夜の蔵造りの町並みで足を止めていた。

ここへ来て、向日葵の花言葉について知っているか。

そう彼女に言われたときの会話を思い出した。

『僕から見た日向さんは、街中に咲く向日葵に見えるって、話だよ』

『あの……向日葵の花言葉とか、知ってて言ってる？』

『は？　……知らない、けど』

『だと思ったけど！　けど、そういうキザなセリフを言うときはさ～！　ちゃんと、意味を考えなさい！』

あの時は、勘違いしないでと言った。

でも今は――向日葵の花言葉は、正しく僕の心情を表している。

『憧れ、あなただけを見つめる』

「僕は……日向夏葵を尊敬している。でも、それ以上に――大好きなんだ」

街角からヒョッコリと、意地の悪い笑みで日向さんが飛び出てくるのを期待して歩き続けていた。

ドッキリだよって、出てきてほしい。

そんな奇跡を望んで、さまよった。

死にそうな時に大切な人の心臓が移植されるなんて物語のような奇跡は起きたのに。

亡くなったはずの彼女が現れる都合のいい奇跡は、起きてくれなかった――。

翌日の日曜日。

もうすぐ、九月も終わる。

過ごしやすい、秋らしい朝だ。

駅に向かい歩いていると、ポケットに入れていたスマホが震えた。

ディスプレイに映った着信相手を見ると、川崎君だった。

「もしもし？　どうしたの？」

『いや、今、舞といるんだけど……。大丈夫か？　昨日、ふらふらとしながら帰ったらしいって聞いてさ』

二人は僕を心配して電話をかけてくれたのか。

「大丈夫だよ。ありがとう」

『……車の音か？　今、外にいるんか？』

「うん。ちょっと……旅がしたくて」

『え、一人旅？　平気なの？』

樋口さんの問いに、改めて考える。

思えば──僕は一人で遠出なんかできないって、日向さんに話したことがあるな。

知らない間に、僕も変わってたんだな。

『大丈夫か？　俺たちも、一緒に行こうか？』
「……大丈夫だよ。約束を果たしたいし、一人で会いに行きたいんだ」
『え？　会いに行くって……誰に？』
「……彼女の名残」
そう。
今年の夏、日向さんと重ねて見たあの場所で……彼女を感じたいんだ。
『彼女って、おい。まさか……』
「僕は、彼女に……日向夏葵に、会いたいんだ」
本当は来年を迎えられたらって約束だったけど……。
彼女の心臓のお陰で、その約束は果たせそうだ。
だったら僕も閉じこもらず……彼女のように、自由に動きたい。
約束の前倒しになっちゃうけど、思い立ったら即行動。
瞬間を無駄にすることなく、大切に生きたい。
まるで日向さんのように、僕も変わっていた――。
電車とバスに揺られること、約三時間。
たどり着いたのは、茨城県の那珂総合公園。

七月末に日向さんと訪れた、向日葵畑だ。
黄色く咲き誇っていた風景は、どこにもない。
あの頃とは一変して、今では下を向き、シオシオと茶色く枯れている。
スマホを向ける気にもならない、美しさとは真逆の風景だ。
僕はゆっくり日向さんと歩いた場所を、たどっていく。
日向さんのように元気な向日葵は、一本も残ってないか……。
向日葵の枯れた姿を眺めていると、何だか寂しい気持ちになる。
「……『深みのある解像度』。……心」
最後まで答えを聞くことができなかった、日向さんからの問い。
今までのヒントを考えながら、向日葵の枯れた姿を見つめる。
心がヒントだってのは分かった。
人が写真に写り込んだ時。心について考えた時。日向さんの反応がよかったから。
でも、それがどう写真に現れるっていうんだろう……。
僕だけじゃ、分からないよ。
丁度、見晴らし台が目に入った。僕がずっと写真を撮っていた場所だ。
あの時みたいに、後ろから日向さんが急に声をかけて驚かせてくれないか。
なんて……。

そんな有り得ない願いを抱きながら、見晴らし台への階段を上っていく。

「……まるで、違う場所だな」

日向さんとの思い出も、この茶色く枯れた風景のように色あせていくようだ。

「最初に僕と、この向日葵畑にまた来ようと約束した時には、君は自分が死ぬなんて思ってもなかったんだろうね……」

そんな寂しさを感じている時だった。

――ポケットに入れていたスマホから、通知音が鳴った。

メッセージや着信がきた音とも違う、初めて聞く音だ。

ディスプレイを見ると、ポップアップ通知に『動画が届きました』と書いてある。

原因のアプリは、『スポットメッセージ』というものらしい。

「もしかして……あの日、日向さんが大量に入れたアプリかな？」

箱根に泊まった夜、僕のスマホにとんでもない量のアプリを日向さんがインストールした。

あれから消したり整理したりする気力もなくて、放置していたけど……。

「動画……」

震える手で通知をタップして、動画の再生を許可すると――。

『ヤッホー、耀君！　ちゃんと届いてるのかな、このメッセージ動画！』
「――日向……さん」
声が脳まで届いた瞬間、身体の芯から震えた。
震える唇から、声が漏れ出ていく。
モヤに覆われた心を一瞬で吹き払う、美しく澄んだ救いの声。
幽霊でもいいから会いたかった彼女が――スマホのディスプレイで動いている。
制服姿で黄色い向日葵畑を背景に立ち、こちらへ両手を振って動いているんだ。
「なんで、なんで君が……。いつの間に、こんな動画を撮ってたの……？」
感覚も鈍く灰色の雲に包まれていたような、僕のいるこの世界が……。
急に鮮明に見えてきた。
たった一人、君がいるだけで……。
世界は明るい色彩を帯びるんだね。
『このアプリはね、決めたスポットに相手が来ると、動画を共有できるんだって』
なんで、なんでなんで。
そんな動画を、残してるんだ……。
『勝手に色んなアプリインストールして怒らせちゃって、ごめんなさい！　本当は直接謝りたいんだけど、耀君に嫌われてると考えたら、今は勇気がでなくて……』

謝りたいのは、僕の方だよ。

嫌な思いをさせて、本当にごめん。

ごめんね……！

『今度、会った時に直接謝る努力はするよ？　でも……耀君に避けられちゃってさ。

もう二度と、口もきいてもらえないかもだよね……』

スマホを握る手が震えて、止まってくれない……。

僕が日向さんと口をきかないなんて、有り得ないのに。

幽霊でもいいぐらい君と話したくて話したくて仕方がないのにさ！

『この動画を撮ってるのは、箱根旅行の二日目。場所は、耀君が「来年を迎えられたら、絶対にまた来る」って約束してくれた、向日葵畑だよ』

旅先で僕に置いていかれた日に、約束の場所になんて来てるんだ。

あの時、僕の未来は来年を迎える可能性なんて……。

どうしようもない程、絶望的だったのに。

『私は来年にも、耀君が生きてるって信じてる。もし謝って仲直りできなくても、約束は守って……。ここには来てくれる。来年も生きてほしいって願いを込めて、動画を撮ることにしたの。だ、だから、ね？　問いの答えと、私の秘密を動画で全て話します！』

こんな形で問いの答えとか、君の秘密を伝えられるなんてさ……。

予想外だよ。

『見て。わざわざ制服まで着て来たの！　これで前と一緒なんだけど、前回来た時と、どこが違うか。分かるかな？』

違うのは、現実に日向さんが、もういないことだ。

他の違いなんて……。

今は、目に入らないよ。

『正解は、下を向いてる向日葵が多い、でした！　もう八月も終わるからね〜。こういう景色、もしかしたら耀君は綺麗じゃないって無視するのかもしれないね？』

柔らかな陽光で煌めく髪を靡かせ、何本かの向日葵を手に微笑みかけてくる。

『耀君は意外と負けず嫌いだから、具体例を示さないと認められないかなって。今のも大ヒントなんだけど……。旅での実例をあげながら答え、言ってくね』

日向さんは……本当に僕の思考を、よく理解してるね。

『熱海で私がふらっとどこかに行ってたのはね、観光者向けじゃない汚れた砂浜を見てたの。ゴミが沢山流れついてて、海もにごってた。耀君、知らなかったでしょ？』

えくぼを可愛く浮かべてさ……。

そんな挑発するようなこと言わないでよ。

日向さんには見せないで消しちゃったけど……。

一枚だけ、海中も撮ってたんだよ？

『ポピー畑の時に話した荒川の川幅は、氾濫した時の話なんだ。あのサバンナみたいな草原は、土手と土手の間にあったんだよ。荒川が氾濫したら沈んじゃうから、手を加えられず自然のまま育ってる場所なの。一緒に花火を見た、学校より高い土手のギリギリまで水が来るんだよ。そんな水が二千五百メートルも続くなんて想像した？』

君との何気ない会話だと思ってた。

でも、あれが実はヒントだったなんてさ……。

『向日葵畑も細かく見るとさ、一本一本が違う高さとか個性があるのに、みんなで太陽の方を向いて綺麗をつくってたな〜って、私には見えたんだ！　なんかこれ、人の集団にも似てて面白いよね！』

全体の美しさにだけ、目を奪われてた。

細かいところまで見ようとしてなかったな……。

『大涌谷はさ、今でも有害な火山ガスが出てるんだよ。でも、その火山のおかげで寿命が延びるって噂のゆで卵ができたり、温泉で人が癒やされたりしてるの。……過去に怖い噴火があったからこそ、綺麗な湖ができるんだって』

背景とか知らず、僕はただ綺麗な姿だけを追いかけてた。

自然な状態になるまでとか考えないでさ。

その場で綺麗な姿だけを見てたよ。


『つまりね、耀君には広い視野も持ってほしかったんだ。色んな場面でね！　見ないようにするんじゃなくてさ……。暗かったり綺麗じゃない部分も見つめて、写してみる。その自然でリアルな魅力こそ、私が言った、深みのある解像度の答えだよ～！』


ずっと、それを僕に伝えたかったんだね？

写真だけじゃなくて人間関係も。

広い視野を持って、目を逸らさないでって……。

君のお陰で、人と深く関わると迷惑をかけるだけっていうのが間違いと気づけた。

いいところも悪いところも認めて合える友達ができてさ。

自分で綺麗じゃない景色を見る旅をするぐらい。

君がいてくれたお陰で、変われたんだよ……！

『最初から耀君の撮る写真はすっごく綺麗だな～って、思ってたよ。綺麗で、お気に入り。でも——色んな角度から風景を切り取れたら、もっと素敵で……。大切なだけじゃなくて、大好きってなっちゃいそう！』

僕の撮る風景写真が惜しい、何か足りないと言ってたのは……そういうことか。

見たくない色を入れないから深みが足りなくて、『ただ綺麗なだけ』の浅い写真になるわけだ。

日向さんは僕が気づくのを、ずっと待ってくれてたんだね。

『知ってる？　蕾は栄養の取り合いで、十分に咲けないのもあるんだって。耀君、言ってたよね。私はもう咲いてる花で、自分は咲くこともなく枯れる蕾だって。……実はね、違うんだ。……私も、咲けないかもなの』

その話は……。

君の事情を知った今になって思えば、無神経な言葉だったな。

『普通ってのも、あいまいだけど……普通に咲いて散る未来がないって意味ではね、やっぱり二人とも栄養不足で上手く咲けるか分からない、蕾と同じだと思うの』

そうかもしれない。

出会った時、僕たちは二人とも蕾だった。

僕は心臓、君は脳に不安を抱えてて……。

病気がない人みたく普通に進学して働いて普通に寿命を終えるのは難しかったね。

『そういう咲けるか分からない蕾が並んでる時、植物ならどうするか、知ってる？』

綺麗に咲いた姿ばっかり見てた僕には、分からないよ。

『片方の蕾を摘むんだよ。そうすると、残った蕾に栄養がいって綺麗に咲くの。これも知らなければ、私たちは咲いてる花を見て、ただ綺麗だなって思うだけ。本当はちょっと残酷な話だよね……』

つまり僕が綺麗だって言ってた花も木々も……。

色んな犠牲の上で咲いてたのか？

だからって、日向さんが摘まれる必要はないじゃないか。

花開く向日葵のような君に、残ってほしかった。

『秘密にしてたんだけど……。私さ、耀君と同じで、病気なんだ』

その秘密は、君のお母さんに聞いちゃったよ。

僕と出会ってからも段々と日向さんの体調が悪くなってる様子があったのに……。

そんなことにも気づいてあげられなくて、本当にごめんね。

『頭の中にある血管が、ごちゃごちゃでね。小っちゃい頃に手術はしたんだよ。頭、丸刈りにされて凄くショックだったけど、頑張った……。でも、完治はできなかったんだよね。小っちゃい頃はいつ爆発して動けなくなるんだろ、いつ死んじゃうんだろって、凄く怖くて。耀君と同じで、大人しく過ごしてたの』

怖かったよね。未来が見えないで身体がボロボロで……少し落ち着いたと思えば、また繰り返す日々。

分かるよ……。

『でもね、テレビの番組を見て……自然には綺麗なだけじゃない、色んな姿があるって知ったんだ。それを見てね、私は暗いままで終わりたくない。もっと違う世界が見たいって思ったの！』

僕が図書室で風景写真と出会ったように日向さんも変わるきっかけがあったんだ。

『一分一秒を大切に、楽しく笑って、自由に生きようと思ってた！　なるべく誰の心にも残らず静かに散ろうとした耀君と、いい思い出を一杯にして散ろうと動き回ることにした私。耀君とは正反対だったね』

そうだね。

君は殻にこもる蕾に栄養を与えて咲き方を教えるぐらい、生命力に満ちてたよ。

本当に、僕とは正反対だ。

『この動画を観てるってことは、耀君は無事に十九歳を迎えられたんだよね。やったね！　耀君なら、きっと元気で来年を迎えられるって信じてたよ！　でも、ね……。私も二十歳ぐらいまでにはさ、どうなっちゃうか分からないんだって』

君がどうかなっちゃったなんて、認めたくないよ。

こんな元気にスマホの中で動いてる日向さんを見て、絶対に認めたくない。

それでも僕の鼓動が……。

もう日向さんは、いないんだって告げてくる……。

『私が溺れてたのを助けてくれたあの日、耀君の保険証見ちゃったじゃん？　臓器提供のチェック欄に、なんでか心臓以外は全部マークしてるのが見えちゃって。耀君のお母さんに病気の話を聞いて、納得しちゃった。耀君、自分の悪いところ以外は誰かに託したいって思ってたんだな〜ってね』

母さん、そんなことまで話していたのか。

誰かの未来を照らせるかもって思いながら、最期を迎えたかったんだよ。

『それから私も、こう思ったんだ。誰かに脳以外を託したい、角膜だったり心臓だけでも生きて、ときめきたいって！』

僕の胸で……君は生きてるよ。

ドクンドクンって──強く、元気に暴れてる。

君のいない世界に、ときめきはまだ見つけられてないけど……。

『実は私も病気だったって聞いて、どう思ってるかな？　勿論《もちろん》、一緒に長生きするのが一番！　余命一年だろうと百年だろうと、終わりがあるのは一緒。くよくよしても仕方ない！　耀君との楽しい時間が長く続きますように！　二人とも、何時どうなるか分からない身体だけどさ……。どうなっても、お互いに笑って見送ろうね！』

知らなかったんだよ。

笑って見送ってほしいって願いがさ……。こんなにも、難しいなんて。

泣かないわけ……ないでしょ？

今、声を出そうと思っても……。きっと掠れて、声にならないよ。

『あっ……。動画撮れる時間、アプリ的にそろそろキツいみたい……。ねぇ、耀君？

殻にこもらないでね。最期まで将来に夢を持って、一緒に楽しく生きようね』

最初に病院で僕を怒らせた、君のセリフだね。

動画、永遠に終わらないでほしい。

もっと、もっと君の声を聞きたいと願ってしまう……。

『この動画を見てる来年の耀君！　私とも仲直りしてて、二人で元気に向日葵畑を駆け回ってますように！　もしできてなくても……。この動画をきっかけに仲直りできますように！　じゃあ、またね～！』

元気に笑いながら、日向さんがカメラに向かい手を振った。

録画を止めようとしているのか、徐々にカメラに近づいてくる。

その姿がどんどん大きくなってきたが、ピタリと足が止まった。

彼女は突然、俯き出し――。

『……死にたく、ないなぁ』

弱々しく震える声が──スピーカーから聞こえた。

顔を上げた日向さんの瞳から、涙がポロリとこぼれていく……。

『ごめんね、泣くつもりなかったのに。ただ、今がすっごく楽しいから……。もっともっと二人でいろんなところに行きたくて。私、偉そうなこと言ったクセに弱気になってるね。……体調を崩して帰った耀君か、どんどん体調が悪化してる私。このまま仲直りできずに、どっちかが死んじゃったらって想像したら、本当に怖くて……』

やめてよ。

せっかく、日向さんの姿が見られたのに……。

涙で滲んで、見えなくなっちゃうじゃないか。

いつも笑顔で強い彼女を弱気にさせちゃったのは、この動画を撮ってる朝──旅先に一人、悪化する病気で不安になってる彼女を置いてきた、僕のせいだ……。

『私は後悔したくない。しつこくても最期まで耀君に付きまとっていく。元気な耀君の隣で、さ。……そう、できてるよね？　私はそうやって、耀君の隣にいるよね？』

できてたよ。

最高に、しつこくて……。

最高に元気がもらえる、綺麗な笑顔で、隣にいてくれたよ……。

『初めて会った時から私、有り得ないぐらい鬱陶しかったよね。信じられないぐらい失礼なこと沢山言って挑発して、怒鳴られるようなこと言ってさ！　でも恩人が暗い殻にこもったまま、ウジウジと寂しく散っていくのを見たくなかった。……最初は、それだけだったの』

今なら分かるよ……。

有り得ない言動をしてきた日向さんの想いがさ。

『耀君と会ってすぐは、大嫌いだった。本当は寂しいクセに、フラフラと揺れるような芯のない矛盾した言い訳ばっかして、一人でいようとする。その暗くて後ろ向きな考え捨てて素直になりなよって、そう思ってた！』

仕方ないよ。

僕も、僕を大嫌いだったんだから。

『真冬の川で冷えた私の手を握って、温めてくれた時は——この人は、ヒーローだ。太陽みたいに温かい人なんだって、思ってたのにさ』

まさか、自分の死に意味を残したいだけなんてね。

格好良くなくて、ごめん。

『思ってたような、強い太陽と違ったなって……。でも恩返しをするまではって付きまとってて……。なんか段々と──私の気持ちも、変わっちゃった！』

日向さんの、気持ちが変わった？

『──耀君、好きだよ！　未来が見えない同じような身体なのに、選んだ考え方の違いに特別を感じちゃってさ。一緒に旅をしながら成長していく耀君を見て──気がついたら、恋してました！』

ズルいよ……。

僕だって、君に想いを伝えたかった。

好きだって、死んじゃう前の君に伝えたかったよ……。

『純粋に耀君と成長する旅が、楽しみになってた！　向日葵が太陽を追って見るみたいに、耀君ばっかり見てた！』

僕だって──同じだ。

天敵だと思ってた君のことを、気づいたら好きになっちゃったんだ……。

いつの間にか……僕も日向さんが、大好きになってたんだよ！

『誰かを特別好きにはならないぞって、耀君みたいに私も考えてたの。好きな人をつくったら辛いぞって……理屈では分かってたから。──でも気がついたら、耀君を好きになってたの……。気持ちってさ、抑えられないもんなんだね！』

恋は理屈じゃなくて、感情らしいよ……。

僕たちの大切な友達が、そう言ってたよ……！

『耀君に恋を教えてもらって……。毎日がもっと楽しくなった。メッセージの返事を待ってる時、旅をしてる時、次の旅を考える時。スマホを握って胸がドキドキして、堪らなかったの！　こんな素敵な気持ちを教えてくれて、本当にありがとね！』

ありがとうは、僕のセリフだ。

どれだけ言っても足りない。

もう届かないありがとうを、胸一杯に抱え続けてるんだよ！

『知ってるかな、涙って……恋に水って書いて恋水《なみだ》って読むこともあるんだよ。何かが恋しいから流れる水って考えたら、凄くロマンチックだよね。……涙一つでも、見方や感じ方次第で、これだけ変わる。——私が泣いてるのは全部、耀君のせいだよ。耀君のことが、恋しいから……！』

そっか……。

じゃあ、僕が泣いている理由と、お揃いだね。

僕も君が恋しいから、泣いているんだ……！

『耀君に会えて、本当によかった。恋が知れて、よかった。よし！　明日以降、直接もガンガンいくけどさ……。耀君。奇跡が起きて耀君の心臓が治って、この動画を観てる時に私も元気ならさ！　私と』

「──ぇ……」

突然、動画が終わった。

慌ててスマホを何度も操作するけど、その動画の続きは流れない。

アプリの撮影できる動画時間の限界に──達してしまったんだ。

日向さんが最後に言いかけた言葉は──二度と聞けないんだ。

そう、理解してしまった……。

「あ、あぁぁ……！」

周囲の目も気にせず、無意識に声が出て止まらない……！

「──ぁぁぁああ……！」

指が変色する程に強くスマホを握りしめてしまう。

君の声が、もっと聞きたかった。

暗い殻に閉じこもってた自分に、後悔が止まらない……。

ああしていれば、そんな後悔ばかりだ……。

もっと日向さんと一緒に沢山遊んで、話せばよかった！

僕の素直な想いを、大好きな君に伝えたかった！

君の言いかけた最期の言葉を──聞きたかった！

「ぁああ……。ひなた、さん……！」

声が漏れ出て……涙が止まってくれない。
もう、いいよね？
視界が滲んでも……。
涙を堪えなくても……いいよね？
日向さん、君が散る前日……最期に残してくれたメッセージ。
ちゃんと――受け取ったからさ。
だから、もう少しだけ待って。
もう届かない僕の恋が、恋水として溢れる恋が、収まるまで……。
ちゃんと泣きやんで、立ち上がるからさ……。
君の願いを叶えられるように、今度こそ後悔しないように頑張るから――。

エピローグ　旅立ちの日に

「──おはよう、日向さん。改めてだけど……迎えに来たよ」

「夏葵、俺たちの卒業式だ。……ちゃんと綺麗になったよな」

「ピカピカに掃除したんだもん。夏葵、晴れやかな気持ちで笑っていこうね」

三月の中旬。

朝早くから、僕たち三人は大切な友人を迎えに来ていた。

川崎君と樋口さんは瞳に涙を溜めながらも、爽やかな笑顔を浮かべている。

僕も、泣くわけにはいかないな。

気持ちよく、彼女を連れていかなきゃ。

今日は晴れの舞台、卒業式の朝だ。

太陽が昇って間もなくから日向さんの墓を掃除していたから、かじかんだ手は真っ赤に染まっている。

せっかくの卒業式だから、晴れやかな気持ちで迎えられるように、お墓を綺麗にしたかった。

「そろそろ時間だな。行こうぜ」

「望月、夏葵の写真忘れないでよ?」

「うん、分かってる」

写真を片手に抱え、もう片方の手で左胸を押さえる。

僕の胸で、日向さんから託された心臓の鼓動を感じた。

眠っていた魂が宿ったのか、心なしか鼓動が速い気がする。

お線香の香りを制服に纏ったまま、僕たちは最後の登校をする——。


今の時代、ただ綺麗な風景写真や映像はありふれている。

現実の風景写真より綺麗な絵画やアニメーションだってある。

綺麗な風景をフレームに切り取って写すだけで人の心を動かすのは、難しい。

日向さんは、写真には詳しくなかった。

だけど、暗いところも明るいところも見て生きた彼女は——僕に人の心と、新しい視点による可能性を教えてくれた。

卒業式会場である体育館を前に、整列している僕たち。

様々な思いが募る場で川崎君は、にこやかに僕へ笑いかけてきた。

「望月、なんかキラキラしてるな。卒業式ムードで周りは泣いてるってのに。お前だけ、希望に満ち溢れてるように見えるぜ」

「そうかな？」

「やっぱ、SNSでバズって写真集を出版できるようになると、余裕あるんかね？」

「クラウドファンディングのおかげだよ。フォトブックを展示即売会で、何とか売り出せる程度だけどね。ＳＮＳがなければ、絶対にできなかったよ」

それも全て、日向さんのおかげだ。

写真の宣伝に使った動画編集用のアプリも、効果音だって箱根で彼女が大量インストールしてくれたアプリの中にあった。

カメラロールの写真を魅力的に宣伝できたのも、彼女のおかげだ。

クラウドファンディングに使うものだってそうだ。

病気が治るという、もしもの時のために日向さんがインストールしてくれたものが活《い》きて、ここまで来られた。

「それでもバズってさ、皆に写真集が望まれたんだからいいじゃん。表紙見たけど、いい写真だったよね」

「ああ、俺も見たぜ。あの満開の向日葵畑と、枯れて種を落としてる向日葵の写真だろ？　地面に落ちてった種、あの後どうなるんだろうな」

「考えさせられる、深い写真だったよね」

それも、日向さんの言う『深みのある解像度』のおかげだ。

咲き誇る向日葵。

そして同じ向日葵なのに、枯れて色を変えた様子。

暗いところも明るいところも、あって当然。自然だと受け入れ、また巡る。

そう意識して撮影した写真が偶然に誰かの心を動かして、上手くいったんだ。

「……何かさ、望月変わったよね。初めて会った頃よりも、明るい感じ」

「二年生の頃はぶっちゃけ、教室にいたかも分かんねぇぐらい暗かったかんな」

「最初に僕を殻から引っ張り出して、二人と巡り会わせてくれた日向さんがいなかったら、ずっと僕は暗いままだったね」

あの凍るような真冬の川で本当に助けられたのは、日向さんじゃなくて僕だったんだと思う。

彼女と出会っていなければ、僕は今こうしていない。

「そうか、俺たちも夏葵に助けられて卒業できた」

「やっぱ夏葵は、凄いね。敵わないよ」

「でも二度目に僕を暗い殻から引っ張り出してくれたのは、川崎君と樋口さんだよ」

「……え、俺ら？」

川崎君は、キョトンとした表情を浮かべている。

「日向さんの死を知って、僕は暗い部屋で動けなかった。——でも二人が左右から肩を支えながら歩かせてくれたから、僕は日向さんのお母さんと話せて……。また笑えるようになった」

「ああ、あったな。焦点の合ってない目をしてた時か」

「ウチらは、ただ引きずってっただけだよ？」

「二人は大したことじゃないと思ってても……。僕は救われたんだ」

暗いところを見ても、話を聞き、受け入れてくれて……。

そのうえで、こうしたらどうか、と促してくれた。

何気ない自然な優しさこそ大切で、日向さんが僕に教えてくれたことだと思う。

「……そっか。ウチらは大したことないと思ってても、当人の感じ方は違うんだね」

「僕は二人と友達になれて――本当に、よかった」

最初は怖いと思って逃げていたけど、受け入れる心を持てて今がある。

そのきっかけを日向さんがくれたから、僕は優しい友達と一緒にいられるんだ。

「望月……。お前、本当に変わったな。なんつうか、夏葵みたいに輝いて見えるよ」

「僕が……輝いて見える？」

「うん、そうだね。凄い輝いて見えるよ」

そうか。

だとしたら、やっぱり彼女のおかげだ。

「……知ってる？　月が輝いて目に映るには、照らしてくれる存在が必要なんだよ」

「なんだ、詩的なこと言い出して。芸術家を気取るにしても、気が早ぇぞ」

日向さんは僕を太陽だと思ってたみたいだけど、違う。

やっぱり僕は——自ら輝く太陽にはなれない。

僕は、太陽に照らされて輝く月だ。

そして、日向さん。

君を向日葵みたいだと言ってきた言葉も、訂正しよう。

君こそが——太陽だ。

まるで向日葵のような笑みを浮かべて元気を振りまく、永遠に輝く太陽だ。

僕はおぼろ雲のような暗い世界に隠れながら、明るく花咲く君の笑顔に、光を当ててもらって。

君とセットでようやく輝けて、皆の視界に映れるんだ。

日向夏葵がいなければ、僕は蕾のまま散ってた。

誰の目にも入らない日陰で、咲けずに散ってたよ。

「ほら整列だってさ。お喋りはここまで。夏葵の写真、卒業式中に落とさないでよ」

「頼んだぞ、望月。お前を信じて遺影を預けたんだ。ちゃんとしろよな！」

体育館前にクラス毎《ごと》に整列して、卒業生一同は会場へ入る合図を待ち続ける。

そうして——会場となる体育館の入口が開かれた。

本日の主役を引き立たせるための、薄暗い館内。

優しいピアノの旋律が響き出すと、卒業生たちが順番に入場を始めた。

左右で起立している在校生や保護者たちが、『旅立ちの日に』を歌いながら迎えてくれる。

そんな中、ライトアップされた赤い絨毯《じゅうたん》の上を僕たち卒業生は、ゆっくりと歩いていく。

体育館に響く美声に、すすり泣く声や息遣い。

細かいところまで注目すれば、色んなことが見えてくる。

暗いところも輝くところからも目を逸らさなかった彼女は、綺麗な表側だけでなく泥臭い裏側まで知ることの魅力を、分かっていたんだろう。

だから僕の写真に足りない——無意識で避けていた部分を、すぐに見抜いた。

人生の日陰と日向——どっちも全力で生きてきた彼女だからこそ、分かったんだ。

僕は額縁に入った彼女の遺影を抱いて、会場へと入っていく。

晴れの場で興奮したのか、胸の奥はドクンドクンと強く脈打っている。

心臓の鼓動を邪魔しないように、そっと手を当てる。

僕が見るこの景色に、君の姿はもうない。

でも君は今でも——間違いなく、ここに存在している。

去年に君と見た向日葵の種は、どんな花を咲かせて今年の夏に迎えてくれるかな。

来年は、どうなってるんだろう？　僕は来年のことや目標を考えて……。

「日向さん──いや、夏葵さんのおかげでさ。

心から笑えるようになったんだよ」

これからも、写真を見た人の心が動くような風景写真を撮ろう。

陽に照らされた、向日葵の花弁が綻ぶような……。

日向さんが浮かべるような笑みも、引き出してみせるよ。

僕の身体に日向さん──……。

いや、夏葵の心臓があるからには、下は向かない。

二人でなら、きっと綺麗に咲ける。

二人の心身で夢や目標に向かえば、未熟な蕾も花開くだろう──。

完

あとがき

本作を手に取ってくださり、ありがとうございます。初めまして長久《ながひさ》と申します。

皆様の本棚へ追加されるために、本作を執筆しました！

つまり手に取ってくださってるのは運命と表現しても過言では……。すみません、過言ですね。本当は本棚INだけでなく、読んで感動してほしく魂を削りました。

しかしながら、本屋さんを思い出して頂けないでしょうか？　並んでる本だけでも壁と呼べる数の中から、本作を手に取ってくださった。これだけでも私は、貴重なご縁だと思ってます。運命とかは過言でも、袖振り合うも多生の縁、と言いますよね？

単なる偶然ではなく大切な深い因縁があるという、この言葉。読了後に本作は良縁だったと感じてくだされば幸いです！　そうあってほしいです。切実に、はい……。

栄えあるスターツ出版文庫大賞を頂戴しデビューが叶い、物語をお届けできる縁に感謝を！　楽しみながら、これからも長久を応援してくださると嬉しいです！

さて、本作は皆様の心に、何かを残すことは叶いましたでしょうか？

本作の執筆にあたり、これが初めて読む小説でもスラスラと読み進められ、王道であるからこそストレートに、心を震わせることができる作品を目指したつもりです。

人は周囲の環境と自身の目標によって変われる。そうした生き様の物語が読んでよかったと感じる魅力的な作品へ仕上がっていることを著者としてハラハラしながら願っております。……正直、ですよ？　読者の皆様が物語に、どのような感想を抱かれ、推しはいたのだろうか、と。本当は身がプルプル震える程に不安です。

どんな感謝の言葉でも、この想いを伝えきるには足りませんが……。これからも、読者様の心に響く物語を、本として届け続ける形で応えられたら幸いです！

皆様が読書中に涙を流し、そして読了後には晴れ晴れとした笑顔で日々を過ごせますよう、心より願っております！　本作が、その一助となれますように！

最後となりますが、謝辞を述べさせてください。素敵なイラストを描いてくださいました、Ｓａｋｕｒａ先生。出版にあたり、ご尽力くださいましたＵ１８編集部の皆様。ライター様。担当編集Ｉ貝様を始めとするスターツ出版文庫に関わる皆様。

そして本作をお読み頂きました読者の皆様方に、心よりの感謝を申し上げます。

Ｘでも皆様の感想など、お待ちしております！

今後とも、どうぞよろしくお願い致します！

長久

この物語はフィクションです。実在の人物、団体等とは一切関係がありません。

長久先生へのファンレターのあて先
〒104-0031　東京都中央区京橋1-3-1　八重洲口大栄ビル7F
スターツ出版（株）書籍編集部 気付
長久先生

余命一年、向日葵みたいな君と恋をした

2024年4月28日　初版第1刷発行
2024年8月28日　　　第3刷発行

著　者　長久　©Nagahisa 2024

発 行 人　菊地修一
デザイン　フォーマット　西村弘美
　　　　　カバー　長﨑綾（next door design）
発 行 所　スターツ出版株式会社
　　　　　〒104-0031
　　　　　東京都中央区京橋1-3-1　八重洲口大栄ビル7F
　　　　　TEL　03-6202-0386　（出版マーケティンググループ）
　　　　　TEL　050-5538-5679（書店様向けご注文専用ダイヤル）
　　　　　URL　https://starts-pub.jp/
印 刷 所　大日本印刷株式会社

Printed in Japan

ISBN　978-4-8137-1574-0　C0193

スターツ出版文庫　好評発売中!!

『きみの10年分の涙』　いぬじゅん・著

学校では保健室登校。家では、浮気をして別居中のお父さんといつも機嫌の悪いお母さんの板挟み。悩みだらけの光にとって幼馴染の正彦は唯一、笑顔にしてくれる存在だった。正彦への十年間の初恋。しかしその想いは、ある理由からずっと誰にも言えずにいた。自分に嘘ばかりついているそんな自分が嫌いだった。ある日、お父さんの“好きな人”であるナツと知り合う。自分にないものをたくさん持った彼女との出会いが､光の人生を変えていき…。そして、十年分の想いを彼に伝えるが——。十年間の切ない恋の奇跡に涙！

ISBN978-4-8137-1560-3／定価715円（本体650円+税10%）

『だから私は、今日も猫をかぶる～Sanagi's story～』　水月《みずき》つゆ・著

高１の影山紗凪は正義感が強く友達をいじめから守ったことで、今度は自分が標的になってしまいトラウマを抱えていた。それ以来、自分に嘘をついて周りに同調するために猫をかぶって過ごす日々。本当の自分を隠すため伊達メガネをかけていたのだが、ある日教室に忘れてしまう。翌日、急いで学校に向かうとクラスの人気者、保坂樹がそれを持っていて——。「俺の前では本音の影山でいて」彼と出会い、彼の言葉に救われ、紗凪は本当の自分を好きになっていく——。前に踏み出す姿に感動の青春恋愛小説。

ISBN978-4-8137-1561-0／定価693円（本体630円+税10%）

『５分後に涙』　スターツ出版文庫編集部・著

余命半年と告げられた私の前に現れたのは、白い髪に白い肌、白い服を着た——天使。ではなくて、死神。命を諦めていた私に、死神はある契約を持ちかける。(『もう一度、キミと初めての恋をしよう』）ずっと好きだった幼馴染が死んで幽霊に。切なすぎる別れが待ち受けていて…。彼女はある優しい嘘をついていた。『嘘つきライカの最後の嘘。』）など、全14編。気になる展開から、予想外のラストに感動して大号泣。通学、朝読、就寝前、たった５分であなたの世界を涙で彩る超短編集。

ISBN978-4-8137-1562-7／定価748円（本体680円+税10%）

『龍神と許嫁の赤い花印四～終わりを告げる百年の因縁～』　クレハ・著

意識を失ったミトが目を覚ますとそこは天界——龍神の世界だった。駆けつけた波琉曰く、堕ち神に襲われ、死んでしまったミトは、波琉との永遠の愛を誓った“花の契り”によって再び肉体を得ることができたという。しかし、堕ち神はある復讐を果たすため、依然としてミトの魂を狙い、襲い迫る。龍神の王でさえ、本来真っ向から立ち向かうことは難しい堕ち神。しかし、波琉は「ミトは僕の伴侶だ。決して誰にも渡さない」と全力でミトを守り…。ミトもまた、波琉との幸せな未来を歩むため共に立ち向かう——。

ISBN978-4-8137-1563-4／定価671円（本体610円+税10%）

スターツ出版文庫　好評発売中!!

『偽りの少女はあやかしの生贄花嫁』　巻村螢《まきむらけい》・著

祓魔を生業とする村には『新たなあやかしの王が立つ時、村から娘を生贄として捧げなければならない』という掟があった。そこに生まれた菊は純粋な村の血をひいておらず叔父母や従姉のレイカから忌み子と虐げられる毎日。ある日、新たな王が立ち生贄にレイカが選ばれたが、菊と入れ替わろうと画策され、身代わりの生贄となった菊。死を覚悟し嫁入りしたが、待っていたのは凜々しい目の美しい青年だった。「俺は、お前だから愛するんだ」待っていたのは、胸が締め付けられるような甘くて幸せな、初めて知る愛だった。

ISBN978-4-8137-1551-1／定価704円（本体640円+税10%）

『拝啓、私の恋した幽霊』　夏越《なごし》リイユ・著

幽霊が見える女子高生・叶生。ある夜、いきなり遭遇した幽霊・ユウに声をかけられる。彼は生前の記憶がないらしく、叶生は記憶を取り戻す手伝いをすることに。ユウはいつも心優しく、最初は彼を警戒していた叶生も、少しずつ惹かれていき…。決して結ばれないことはわかっているのに、気づくと恋をしていた。しかし、ある日を境にユウは突然叶生の前から姿を消してしまう。ユウには叶生ともう会えない“ある理由”があった。ユウの正体はまさかの人物で――。衝撃のラスト、温かい奇跡にきっと涙する。

ISBN978-4-8137-1534-4／定価726円（本体660円+税10%）

『愛を知らぬ令嬢と天狐様の政略結婚』　クレハ・著

幼き頃に母を亡くした名家の娘・真白。ある日突然、父に政略結婚が決まったことを告げられる。相手は伝説のあやかし・天狐を宿す名家・華宮の当主。過去嫁いだ娘は皆、即日逃げ出しているらしく、冷酷無慈悲な化け物であると噂かれていた。しかし、嫁入りした真白の前に現れたのは人外の美しさを持つ男、青葉。最初こそ真白を冷たく突き放すが、純粋無垢で真っすぐな真白に徐々に心を許していき…。いつも笑顔だが本当は母を亡くした悲しみを抱える真白、特別な存在であるが故に孤高の青葉。ふたりは“愛”で心の隙間を埋めていく。

ISBN978-4-8137-1536-8／定価671円（本体610円+税10%）

『黒龍の生贄は白き花嫁』　望月《もちづき》くらげ・著

色彩国では「彩の一族」に生まれた者が春夏秋冬の色を持ち、四季を司る。しかし一族で唯一色を持たない雪華は、無能の少女だった。出来損ないと虐げられてきた雪華が生かされてきたのは、すべてを黒に染める最強の能力を持つ黒龍、黒耀の贄となるため。16歳になった雪華は贄として崖に飛び込んだ――はずが、気づけばそこは美しい花々が咲き誇る龍の住まう国だった。「白き姫。今日からお前は黒龍である俺の花嫁だ」この世のものと思えぬ美しい姿の黒耀に、死ぬはずの運命だった色なしの雪華は“白き姫”と溺愛されて…⁉

ISBN978-4-8137-1538-2／定価682円（本体620円+税10%）

スターツ出版文庫　好評発売中!!

『偽りの男装少女は後宮の寵妃となる』　松藤《まつふじ》かるり・著

羊飼いの娘・瓔良は“ある異能”で後宮のピンチを救うため、宦官として潜入することを命じられる。男装し、やってきた後宮で仕えるのは冷酷無慈悲と噂の皇帝・凰駕。しかし、何故か凰駕は宦官である瓔良だけに過保護な優しさを見せ…。まるで女性かのように扱い好意を露わにした。彼に惹かれていく瓔良。自分は同性として慕われているだけにすぎない、と自身に言い聞かせるが、凰駕の溺愛は止まらず…。まさか男装がバレている⁉「お前が愛しくてたまらない」中華風ラブファンタジー。

ISBN978-4-8137-1537-5／定価715円（本体650円+税10%）

『鬼の生贄花嫁と甘い契りを五〜最強のあやかしと花嫁の決意〜』　湊祥《みなとしょう》・著

生贄として嫁いでから変わらず、鬼の若殿・伊吹から最愛を受ける凛。幸せな日々を送る彼らに、現あやかしの頭領・大蛇から次期あやかし頭領選挙を行うと告げられる。対立候補は大蛇の息子・夜刀。花嫁の強さも比べられるこの選挙。人間の凛には妖力がなく負い目を感じるが「俺は凛がそばにいてくれているだけでいい。妖力なんかなくたって、そのままの凛でいいんだよ」優しい言葉をかけられた凛は伊吹のため、たとえ自分を犠牲にしてでも役に立ちたいと決意する。超人気和風あやかしシンデレラストーリー第五弾！

ISBN978-4-8137-1520-7／定価693円（本体630円+税10%）

『鬼の軍人と稀血の花嫁』　夏《なつ》みのる・著

人間とあやかしの混血である“稀血”という特別な血を持つ深月は、虐げられる日々を送っていた。奉公先の令嬢の身代わりに縁談を受けることになるが、祝言の夜、あやかしに襲われてしまう。深月を守ってくれたのは、冷たい目をした美しい青年——最強の鬼使いと名高い軍人・暁だった。「ずっと待っていた。君と出会う日を——」ある理由から“稀血”を求めていた暁は、居場所の無い深月を偽りの花嫁として屋敷に連れ帰る。最初はただの偽りの関係だったはずが…傷を秘めたふたりは徐々に惹かれ合い——。

ISBN978-4-8137-1521-4／定価660円（本体600円+税10%）

『たとえもう会えなくても、君のいた奇跡を忘れない。』　湊祥《みなとしょう》・著

高校生・藍は、６年前の事故で両親を亡くしてから無気力になっていた。ところがある日、水泳大会の係を明るいクラスの人気者・蒼太と一緒にやることになる。何事にも一生懸命な蒼太に心を動かされ、少しずつ前向きさを取り戻す藍。「もう死ぬなんて言うなよ」どんな時も藍のことを守り、藍にだけ特別優しい蒼太に惹かれていく。でも、蒼太には、藍が遭った事故と関係する秘密があって——。ラストに隠された真実に涙‼

ISBN978-4-8137-1535-1／定価715円（本体650円+税10%）

書店店頭にご希望の本がない場合は、書店にてご注文いただけます。